ラブギルティ

あなたに恋していいですか?

【プロローグ】

「いいなあ、わたしもヒロインのような恋がしたい」

リバティ調の花柄カバーをかけたベッドで、わたしは読み終わった本を閉じた。とっぷりと物語の余韻に浸《ひた》りながら、ほうっと息を吐く。

恋するギルティ――これが本のタイトル。海外の女性向けラブロマンス小説だ。

どんなに紆余曲折《うよきょくせつ》あっても、ヒロインはヒーローと結ばれ、愛のもとに幸せになる。それがこのジャンルの約束、不文律《ふぶんりつ》だ。

わたしはころんと横になると再び本を開き、お気に入りとなったプロポーズのシーンを読み返す。

行き違いの末、ヒロインがヒーローとの別れを決意したとき、彼が心からの告白をして結婚を申し込む場面だ。大勢の人がいる中、戸惑うヒロインに向かって、忠誠を誓う騎士のごとく片膝をついたヒーローは指輪を差し出して――

「良いよねえ、このシーン」

実際に往来でそんなプロポーズされちゃったら、人目が気になって恥ずかしいと思うんだけど、これは小説だから。物語だから。

わたしはうっとりと脳裏《のうり》にそのシーンを思い浮かべた。

『恋愛が罪なら、私は有罪ね。だってあなたを愛してるんだもの』

ヒロインは、弁護士であるヒーローにそう言って、指輪を受け取るのだ。

ラストは結婚式のシーン。チャペルにウェディングベルが鳴り響き、これでもかっていうくらいのフラワーシャワーが描写されている。

ヒロインに感情移入して読んでいたわたしは、その結末に「良かったね」と祝福を贈った。自分の結婚式では花だけじゃなくてキャンディやチョコレートも一緒に降らせるんだと想像しながら。

もっとも、現実ではわたしに恋人と呼べるような存在はなし。それどころか、プライベートでつき合いのある男性など影も形もなく、友人枠すらもいない。結婚がすべてではないのよと、我が身を慰《なぐさ》めるのが日常だ。

本音では運命の人と出会い、ロマンティックな恋をして結ばれたいと願っているのに。

そんなわたしは、宮原瀬理奈《みやはらせりな》、二十九歳。住宅メーカー〈菱澤《ひしさわ》工務店〉に入社して七年のＯＬだ。

中肉中背で標準サイズ。特別美人ということもなく、すべてにおいて並み。

ただ少し気が強かったり口が達者だったりするもんだから、周囲からは頼られるか鬱陶《うっとう》しがられるかで、お局《つぼね》街道をまっしぐらに走っている。

要は、彼氏ナシのいろいろこじらせている崖《がけ》っぷちのアラサーなのだった。

だがしかし、仮にわたしがお局《つぼね》じゃなかったとしても、こんな物語みたいな恋などできる気がしない。

イケメンのヒーローなんて、そうそういないでしょ。ましてや弁護士なんて、ドラマじゃあるまいし、どうやって知り合えと？

まあ、イケメンというだけなら約一名、心当たりがないこともない。

隣の課の室生圭佑《むろおけいすけ》だ。彼は二年前、営業所から本社営業に異動してきた。

百八十センチ近い長身で、スーツをモデル並みに着こなし、涼やかな目もとにすっきりした鼻梁《びりょう》、口数少なく人を寄せつけないクールな態度も、気難しげに眉間に寄っている縦皺《たてじわ》さえもカッコ良いと女子の関心を集めている。その仕事ぶりは目を見張るものがあり、営業成績は常にトップ。営業部のエースと呼ばれ、今では結婚したい男ナンバーワン。

確かに見目良い男だけど――

彼には、完璧すぎて近寄り難《がた》さのようなものがあった。というか、なんとなく馬鹿にされているような気がして、好きになれないのだ。

どの道、課も違うから仕事でかかわり合いになることはほぼなく、ゆえにただの顔見知り。つまりわたしのヒーローにあらず。

わたしはまた、ほうっと息をついた。今度はさっきとは違う、自己嫌悪の滲《にじ》んだ溜め息だ。

切実に恋がしたいと願う一方で、実のところ、わたしは恋をすることが怖い。

もっと簡潔に言うなら、男が怖い。いや、その先にあるセックスが怖いのだ。

こうなってしまったきっかけは、わかっている。

入社して間もない頃、学生時代からつき合っていた恋人との初体験で失敗したのが原因だ。

彼といずれ結婚して幸せな家庭を築《きず》きたいと夢を見ていたわたしは、小説のフレーズでいうところの「純潔を捧《ささ》げた」のだけど……

その体験は最悪だった。

だいたい『好きだったら濡れるはず』って、何よ、なんなの、わたしのせいなの？　挙句の果てに『これだから処女は面倒くさい』と捨てゼリフ。

世の恋人同士は本当に皆、コレをしているのだろうか？

痛くてたまらないのに、動くなと言われてじっとしていなくちゃいけないとは。

何をどうしたら気持ちが良いんだっていうの。

物語にあるような、熱くて甘くて蕩《とろ》かされ、得も言われぬ、めくるめくヨロコビを感じて、至上の時間を過ごすなんて嘘。嘘よ嘘!!

本当に痛かったんだから。ごりごりと捻《ね》じ込《こ》まれてくるアレが最悪。

話に聞いていたのとは、まったく違う。どこが愛の営《いとな》みよ。どこに愛。痛いだけで、ぜんぜん良いことなかった。

だから男はコリゴリ――なんだけど、ああ、でも恋はしたい。

こう胸をね、きゅんきゅんとときめかして、ドッキドキな。身も心もうっとり甘く、とろり蕩《とろ》けて愛し愛される恋愛がしたい。

そんな矛盾する思いを胸に、わたしはもう一度、本を読み返し始めた。

【1】


朝。セミロングの髪をサイドアップにして、ジャケットにタイトスカートでかっちりバッチリ決めたわたしは、いつもより少し早めに出社した。

昨日は売り上げ締め日で、わたしが所属する営業部三課は残念ながら予算未達成、営業部中最下位で終わっている。今日からまた心機一転、新たな気持ちで頑張るのだ。

地下のロッカールームで制服に着替えていると、ロッカーの向こうから例の営業部エース室生さんのファンによるミーティング——要は情報交換という名の噂話をする声が聞こえてきた。そんなことに興味のないわたしは、さっさとロッカールームをあとにする。

満員電車並みのぎゅうぎゅう詰めになったエレベーターを四階の営業部フロアで降り、部署に向かう途中、中から出てきた人とすれ違った。同期で同じ三課の営業、山口《やまぐち》だ。

「おはよう。今日出張じゃなかった？」

「宮原、悪い。机の上に置いといたんで、あと頼むな」

「あと頼むって、山口さん!?」

いったい何を、と思いつつ、三課の自分の席にきてみると——

なんなの!?　これっ!?

机の上には、山と積まれた未処理の伝票の束《たば》があった。

目を擦《こす》り、瞬《まばた》きを数回して、それでも見間違いでないことに茫然《ぼうぜん》となる。

売り上げ締め日の昨日、残業してまで全部片づけたはずの伝票がそこにあったのだ。

わたしはキツネにつままれたような気持ちで、伝票に手を伸ばす。すると、はらりと紙片が落ちた。どうやら一緒に置かれていたらしい。

なんだろうと思いつつ書かれていた文字に目を落とす。

ふざけんなっ、山口っ!! 回すのを忘れていただとっ⁉

昨日、あれだけ未処理の伝票をすべて出すように言ったのに、まだ持っていたと——

メモ紙を握り締めたわたしは、山口を追いかけるため部署を出た。エレベーターの前で捉《つか》まえられるかなと予想したのに、彼の姿はすでになく、目にしたのは下降していく階数表示だ。

こうなったら階段と、エレベーターホールの脇にある非常階段に向かおうとしたとき、防火扉の陰から出てきた人に思いきりぶつかった。

「きゃっ！ すみませ——うっ」

ど、どうしよう……

そこにいたのはまさかの室生圭佑だった。

「——っ。どこ見てるんだ、君は」

室生さんはみぞおちの辺りを押さえて、顔を顰《しか》めている。

「あ……いえ……すみません」

前方不注意だったのはわたしだ。わたしが悪いのは重々承知なんだけど……

怖いです、その顔。なまじ端整だから、妙な迫力がありすぎる。

室生さんがゆらりとわたしに近づいてきた。

合わせてわたしはそろそろとあとずさり、壁際まで追い詰められる。もう下がれない。

これで室生さんが壁に手をついたら、有名なあのシチュエーションだけれど、もちろんそんなことにはならず、彼はわたしを見下ろしただけ。眉間にくっきり皺《しわ》をよせて、目を眇《すが》めている。

「――宮原瀬理奈か。三課の名物」

「はあ!?　何なのそれ!?」

首から下げていたＩＤカードに気づいたのか、室生さんにフルネームを呼ばれたわたしは、素っ《す》頓狂《とんきょう》な声を上げる。

名物!?　わたしって他の課ではそう言われてるの!?

どう考えても含みがあるようで、素直には喜べない呼ばれ方だ。

「ったく、締め日明けだというのに、朝から無駄に元気だな」

「ええ、落ち込んだって仕方ありませんからね。次はうちがトップ取ります！」

暗に三課の売り上げ最下位をけなされたわたしは、とんでもないことを口走る。彼を見ているうちに、なぜか対抗心がかきたてられたのだ。

けれど、内心では後悔していた。

なんてこと言っちゃったの!?　営業でもないわたしがどうやって売り上げ作れるのよ!?

彼は、そんなわたしの気持ちを見透《みす》かしたように、口の端を上げる。

「へえ、面白いな。せいぜい頑張って？」

そう言うと、自分の課に向かって歩き去った。

もう!!　馬鹿にして!!　絶対できないって思ってるわ、あの口振り!!

わたしは広い背中を見詰めながら、メモ紙ごと握っていた拳《こぶし》を心の中で突き出す。

こうなったら是が非でも、うちの営業に頑張ってもらわねば。彼らがより働きやすくなるように環境を整えるのだ。わたしだっていい加減、三カ月連続予算未達成という結果に我慢ならなくなっていた。

結局山口は捉《つか》まらず、朝礼後、彼が残した伝票を入力しながら、わたしは「それにしても」と怪《け》訝《げん》に思った。

数が多すぎるのだ。回し忘れた伝票がこんなにあるなんて。かかりっきりで入力しているのに、ちっとも減っている気がしない。

改めて伝票を手に取ったわたしは、パラパラとそれをめくり、日付を見て愕然《がくぜん》とした。

多いはずだ。これは丸っと一カ月分、いや先々月のものも交ざっている。

ざっと数字を拾い見ても、かなりの金額だ。もしこれが昨日のうちに正しく処理されていたら、予算未達成で終わった月間売り上げ目標額も、らくらくクリアできていたかもしれない。もしかすると営業部きってのエース、室生さんのいる隣の二課を抑え、うちの三課がトップに――は無理でも一課を抜いて二位に。

山口、お前ってヤツは――っ‼　どれだけ回し忘れていたんだ⁉

憶えてろ、きっちり教育的指導をしてやる。心の予定表に「山口に注意」と書き込むと、わたしは息を吸い込み、ゆっくりと吐き出すのを二回繰り返した。

どんなときでも落ち着いて。慌てず騒がず、沈着対応。

それがわたしの信条。最低最悪な初体験から立ち直るために決意したことだけど、仕事だって同じだ。

だいたい、今怒っても仕方がないではないか。

山口は、今日から一泊二日の出張。そしてヤツがいない間の業務フォローをするのが営業アシスタントの仕事。要するにわたしの役目だ。

入力を再開したわたしは、すぐに「あれ？」っと思い直す。

わたしは山口の顧客を把握している。これほどの数の伝票が出る案件があったという記憶がない。

いくらなんでも忘れてましたで済ませられる範疇《はんちゅう》を超えている。

改めて伝票を確認したわたしは、担当者の欄を見て再び驚いた。

何、これ⁉

山口が回し忘れたというものはせいぜい十枚程度。あとは違う担当者の名前が記されている。

つまり、山口の他に三人の営業の伝票が交ざっているのだ。

クラリと精神的な眩暈《めまい》を覚えつつ、わたしは本来この仕事を任されていた営業アシスタント――

後輩同僚の伊津可南子《いづかなこ》さんに声をかけた。

「伊津さん、これどういうことかな？」

「ああ、それですかー。伝票を入力してないって言ったら、山口さんが宮原さんに頼んでおくからって」

壁紙や床材などの資材見本帳を机の上に広げていた伊津さんは、どこか面倒くさそうに答える。

「あなた――」

この一カ月何してたのよ⁉

呆れて言葉が出ない。

彼女は去年総務からうちの課に異動してきたが、入社して三年経っている。営業アシスタントの経験は一年でも、新人で済まされていい年ではないのだ。

それがこれだ。仕事をなんだと思っているのだろう。

気の毒なのは、伊津さんに伝票処理を頼んだうちの営業だった。約三名の、彼らが頑張った証《あかし》となる数字は、本来計上される月の売り上げではなく翌月となる――

「それに、あたしより宮原さんが入力したほうが速いし」

そう言いながら彼女は、肩にかかった髪を指先に巻きつけ、しゅるりと払う。

ちょっと、それが仮にも先輩であるわたしと話しているときの態度なのっ⁉

確かに端末入力のスピードだけを競うならわたしは速いだろう。タイピングの検定を受け、上位の級を持っている。

だが、それとこれは別。

苛立ちを覚えずにいられないが、ここで感情のまま声を荒らげることはできない。

冷静に、冷静に。落ち着いて、瀬理奈――

わたしは呪文のように内心で繰り返し、ひくひくと引《ひ》き攣《つ》りそうになっている頬をどうにか宥《なだ》めて口角を僅《わず》かに引き上げる。これで一応微笑んでいるように見えるはずだ。

「でもね、伊津さん。これはあなたの仕事よ？」

営業アシスタントの先輩として、年長者として、後輩に諭《さと》し教えるのはわたしの役目。できる限り優しく。声音に気をつけて。

前にも、彼女の仕事ぶりが目にあまり注意したことがある。そのとき彼女は人目を憚《はばか》らず泣いてくれたのだ、パワハラだと言って。結局、課長から注意されたのはわたしだった。

同じことを繰り返したくはない。

「でも、山口さん、オレが頼んでおくって言ってくれたんですよ？」

「山口さんのことはいいの。伝票の日付が一カ月前のもあるわ。どうして頼まれたとき速《すみ》やかに処理しなかったのかな。それだけ時間があったら、速い遅い関係なくできると思うのよ」

「えー、でもー、他にやることあったし」

伊津さんは納得できないとばかりに口を尖《とが》らせる。

何が『でもー』だ。わたしだって納得できない。

まったく今話しているのは、同じ言語か!?　こんちくしょう。

「あのね、これはうちの課の売り上げなの。これが今手もとにあるというのはね――」

「わかってますよ、そんなの。だから宮原さんがやればいいじゃないですか。あたし、忙しいんですよ？　課長に頼まれた資料作り、やってるんですから」

あからさまにふてくされた顔になった伊津さんが言い放つ。

本当にわかっているのだろうか。入社後すぐに受けたはずのオリエンテーションでは何をやっていたんだ。社会人としての自覚はどこいった？　それとももともと持ち合わせていなかったのか？

胃が痛くなりそうになったわたしは息をついた。

すると、伊津さんの机の上に広げられていた資材サンプル帳が視界に入る。わたしはそれを、目玉が落ちそうになるほど目を見開いて見た。

そ、その資料っ!?　壁紙、床材、それからカ……、カーテン？

それは、とっくに済ませて課長に渡していなければいけないものに似ていた。さすがに違うだろうが一応念のため、彼女に訊《たず》ねる。

「それ、江原《えはら》邸の資材見本じゃないわよね？」

江原様はうちの取締役とも親しい方で、以前戸建て住宅の注文を請け負い、以来、そのメンテナンスも含めてずっと取り引きをしている上顧客だ。そして、今回リフォームを頼まれている。

「そうですけど、何か？　これから資料室行って前回使った資材を確認するんです」

ああ、課長――

きっと、課長は資材の見本資料ぐらいなら伊津さんでも充分できると思ったのだろう。作業時間はゆうに一週間もあった。わからないことがあっても、ちょっと誰かに訊《き》けば済むことだ。

わたしは急ぎ脳内で課長の予定表を広げる。

午前は営業部内会議で第二会議室。昼一で営業主任とミーティングして、それから二時に江原邸に訪問――!!

蒼褪《あおざ》めるしかない。

現時点でこの状況。このままでは、間に合わないのは火を見るよりも明らか。

これは何？　わたしが悪いの？　もう少し彼女の仕事を気にかけるようにと、大いなる意志の思《おぼ》し召《め》し？

彼女とは、できればかかわりたくない。誰が自分を嫌ってくれている人間と積極的に関係を築《きず》きたいものか。だがしかし、この三課の営業を支えるアシスタントとして――……

悩んでいる暇はなかった。

伊津さんからはまた恨まれることになるだろうが、今は商談に使うこの資料をきっちりそろえるのが最優先だ。

決断すると、わたしは近くにいた同僚に声をかける。

「申し訳ないけど手を貸してもらえる？　資料室から、ファイルAの壁紙と床素材見本とYSシリーズのカタログを持ってきてほしいの。それと過去の江原邸のデータをお願いします」

「宮原さん！　何を勝手なこと言ってるんですか!?　横暴です!!　これはあたしが!!」

伊津さんは顔を真っ赤にしていた。

「伊津さん、わかってると思うけどこれは仕事よ。時間がないの。商談は今日の二時から、ということは課長が社を出るのは遅くても一時十五分。それまでにすべてそろえなければならないのよ」

「だから今やって――」

「うん、あなたはやっている。でもそれでは間に合わないの」

わたしは引《ひ》き攣《つ》りそうになっている顔に笑みを貼りつけて答える。

ああ、泣きたい。わたしだって、人の仕事に横から口を出す真似などしたくない。ただでさえ仕事が多くて、やることは他にもあるのだから。しかし、すべき順番をつけるなら、今しなければならないのはこれだった。

「宮原さん、壁紙と床、資料これでいい？」

「YSシリーズは先日新しいカタログが出ました。これも使いますよね」

わたしの声とともにすぐに行動してくれた頼もしき同僚たちが、分厚い見本台帳を持って集まってくる。その上、新作のカタログまで持ってきてくれた。

「ありがとう。すぐに台帳を組み直してくれる？　確か江原の奥様は欧風のものがお好きだったわね。南欧風もさりげなく交ぜておいて」

「南欧風ですね。外壁も触るんでしたか？」

「内装だけだったと思う。それとキッチン周り。バリアフリーも提案できるよう、そっちの資料作ってもらえる？　前、そんな話も聞いたから――えっ？　伊津さん!?」

ガタンとこれ見よがしに音を立てて伊津さんは席を立ち、足早にフロアを出ていった。

またしてもこじれてしまった関係に、頭が痛くなる。

「行っちゃった。また給湯室にこもるのかな」

「ドンマイですよ。仕方ないと思います、これでは」

同僚二人が伊津さんのとっ散らかった机を見て、頷いてくれたのが少し慰《なぐさ》めだった。


「そんなことが。大変でしたね、瀬理奈さん」

「まあねえ」

わたしは、会社近くの行きつけにしている洋食屋で普段より遅いランチを取っていた。テーブルを挟んで向かいには、同期で社の受付嬢をしている濱村万由里《はまむらまゆり》がいる。

時間は一時半になろうとしていた。正規の休憩時間からずれてしまったが、お陰でちょうど休憩だという万由里と一緒に食事ができたのはラッキーだ。

彼女に訊《き》かれるままに、ランチが遅くなってしまった理由を話す。

当《あ》たり障《さわ》りのないことだけに留めようとしたが、どうやら万由里は多少の事情を知っていたようで、結局はすべて話すことになってしまった。

というのも、くだんの伊津さんは、自分と同期の受付嬢に盛大な愚痴《ぐち》を零《こぼ》しに行き、それを注意したのが万由里だからだ。

万由里は、わたしと同い年の二十九歳にはとても見えない童顔で、話し方もおっとりしているために誤解されがちだが、かなりはっきりとした性格だ。

この〈菱澤工務店〉の常務取締役の令嬢で、いわゆる縁故入社だが、受付嬢という仕事に誇りを持っている。

そんな万由里が、来客者に応対する場所に、受付に関係ない者が延々と居続けることを許すはずがない。

わたしは万由里からその話を聞いて、耳が痛ければ頭も痛くなった。

給湯室に二、三時間こもってくれたほうがはるかにましだ。よりによって受付に行くなんて。

なんでも伊津さんは、たまたま席を外していた万由里が戻っても話をやめようとせず、来客の応対にその同期の受付嬢が立ち上がり、万由里が注意してようやく引き上げたという。

伊津さんと同じ部署の者として、わたしは万由里に謝った。万由里はわたしが謝罪することではないと言ってくれたけど、申し訳なくてたまらない。同期の受付の子も、さぞかし困ったことだろう。

「立場が変われば見方も変わるものですが、それにしても随分ひどい言いようでした。仕事を横取りしただの、そうやって評価を上げているだの なんだの、さんざんに……」

万由里は言い難《にく》そうに教えてくれる。

「でしょうね。なんたって営業三課のお局《つぼね》だもん、わたしは」

わたしは自嘲《じちょう》の笑みを浮かべた。伊津さんぐらいの年頃からしたら、口喧《くちやかま》しい年長の女子社員とは距離を置きたくなるものだ。

伝票のことも、自分は山口に言われた通りやっただけだと話したらしい。

その山口からは、さっき連絡があった。溜めてしまった伝票がまさか一カ月分以上だったとは彼もまったく気がついていなかったらしく、その伝票が処理されていれば予算目標額をクリアしていたと教えると、茫然《ぼうぜん》とした気配がスマートフォン越しに伝わってきた。

せめて二日前だったらどうにかできたのにと呟《つぶや》いていたが、その皺寄《しわよ》せがくるのは誰かということまでには頭が回っていない。わたしは半分だけ同意して通話を切っておいた。

「瀬理奈さんがお局《つぼね》と言われるなら、私もですね。同じ年ですもの」

「大丈夫よ、万由里がお局様《つぼねさま》と言われることは絶対ないから。わたしが断言するわ」

万由里がお局《つぼね》と呼ばれるなんて、わたしが「お嬢様」と呼ばれるくらいあり得ない。

「でも——、彼女のことは困りました」

あまり人のことを悪く言わない万由里にしては珍しい物言いだ。

これは怒っている。静かに、しかもかなり深く。伊津さんはそれだけのことをやってしまったのだ。

「本当にごめんなさい。わたしができる限り気をつけるから」

居たたまれなくなったわたしは、再び謝罪の言葉を口にして頭を下げた。伊津さんから見たら、わたしがこうして謝罪することも腹立たしいんだろうけど。

「もう、顔を上げてください。瀬理奈さんって、つくづく自虐が好きなんですね」

「えっと、自虐?」

言われた意味がわからなくて、訊《き》き返《かえ》す。

「普通、自分を嫌っている人を気にかけるなんて、しないと思いますよ？　それもかなりの問題物件です」

「も、問題物件……」

言いえて妙だ。確かに彼女の勤務態度には問題がある。伝票を溜めこんでいた件にしても、江原邸の資材見本にしても――

彼女はますますわたしに敵愾心《てきがいしん》を向けるだろう。正直、上手く指導できる気はしない。しかし立場的に、わたしがやらないといけないのだ。

「今日のところは瀬理奈さんの顔を立てて収めます。でも次、もし何かあったときは、速《すみ》やかに上の者に報告します。告げ口だと言われようとも」

すっと背筋を伸ばした万由里は、会社のためにならないからときっぱりと言った。

そこにおっとりとしたお嬢様の顔はない。

「それと瀬理奈さん。責任感があるのは美徳かもしれませんけど、あなたの場合はもう少し力を抜いたほうが良いと思うの。たとえば仕事ばかりに気をとられないで、思いきって、自分の優良物件を探すのはどうかしら」

「ぶふっ」

思わず噴き出したわたしは、力業に近い話題転換をした万由里の顔をじっと見てしまう。

が、すぐに口もとを拭《ぬぐ》おうと、テーブルの上の紙ナプキンに手を伸ばした。

「何よいきなり、優良物件って……」

おそらく万由里は、入社以来——正確に記《き》するならあの散々だった男と切れてから、浮いた話が皆無《かいむ》のわたしを心配しているのだ。

もちろん、優良物件が何を指しているのか、理解している。

生涯をともにするに相応《ふさわ》しい最良最善の結婚相手のことだ。ロマンス小説なら、どこかの王子様とか一流企業の御曹司とか、そんな文句なしのヒーロー。

「なんでしたら私、お手伝いしますよ。最近プライベートで男性と知り合う機会があって——」

「だ、男性と知り合う機会⁉　万由里、いつそんなっ⁉」

わたしは驚いて声を上げる。

深窓というか箱入りというか、そんな万由里に男⁉

「大丈夫ですよ、身もとは確かな方ばかりだもの」

ほわりといつもの優しげな笑みを浮かべた彼女の言葉はあまりにも想定外で、わたしは口を開けたまましばし固まる。

「仕事も良いですけど、恋愛も大切だと思いますよ」

万由里は言葉を続ける。

なんでこんな話になっているんだろう。ちょっと問題のある同僚について話をしていたはずだったのに。

「そうですね。会社にもまだ人生の伴侶を得られていない方はたくさんおられます。そちらのほうがいいですか？　身近なところでは山口さんですね。彼は私たちの同期ですし、少々チャラいところもありますが、話は合うと思います。それから――」

万由里はそう言って、彼女のいない独身社員の名を次々挙げていく。

受付をやっていると、人事部さながら、しかもプライベート込みの情報が入ってくるらしい。

「でも、私が瀬理奈さんに一番のおススメだと思うのは、営業二課の室生さん――」

「はあ？」

わたしは思いきり顔を顰《しか》めて、万由里の言葉を遮《さえぎ》った。

彼のことは苦手に感じている。それに今朝のこともあった。

無口とかクールだとか騒がれているが、わたしに言わせればただの無愛想。それでよく営業が務まるものだ。もっとも実際結果を出しているので、有能さは認める。

でも、ちょいちょい感じる、女性をどこか見下しているような態度が気にくわない。

実際、何人か彼に告白を試《こころ》みたそうだが、すべてけんもほろろで聞くだけ無駄とバッサリ一刀両断したらしい。あとは冷ややかな目で見られておしまい。

そんな彼を、万由里ってば、わたしに一番のおススメとか⁉

「は、はは……、か、彼が、優良物件……？」

わたしの口から、無意識に声が出ていた。

ない。ないないないないっ‼　あり得ないっ‼

正直に言ってわたしは恋がしたい。燃え上がるような、悔いのない一生もんの恋だ。そして結婚したい。

その相手となるのは、出会った瞬間、全身に衝撃が走るような、そんな運命の人のはずだ。

室生さんとはこれまで顔を合わせて一度たりともドキドキしたことがないし、ときめきもきらめきも感じたことがない。

……イケメンだとは思うけれど。

わたしたちはそこで話を切り上げ、社に戻った。

ロッカールームで万由里と別れたわたしは四階に行き、営業三課に向かって歩く。

「室生さんっ！　待ってください、話を――」

ひぅっ!?

突然聞こえてきた女性の声に驚いたわたしは、踏み出しかけていた足をぴたりと止めた。

ちょうど廊下を曲がろうとしていたところだ。そのまま足を床に下ろし背を壁につけ、息を潜《ひそ》める。

えっと、何ごと？　もしかしてこの先に室生さんが……？

女性の声の雰囲気から察するに、とても仕事の話とは思えない。

これって、アレ？　ヤバいところにきちゃった？

ついさっきまで彼のことを考えていたこともあって、わたしの心臓は妙な具合に乱れ打つ。

「どうしてですか？　あたしは真剣です」

待って、この声――っ!?

わたしはそっと顔を出して、様子を窺《うかが》う。

女性はこちらに背を向けていたものの、背格好と、くるっと巻いた明るめの髪から、やっぱり伊津可南子だとわかった。

彼女の昼休みはとっくに終わっているはずなのに……今度は何っ⁉

どれだけ面倒を――じゃない。もしこの場面がわたしが想像している通りなら、これはプライベートだ。ただの同僚であるわたしには関係ない――んだけど‼

「真剣？　いきなり呼び止めて何事かと思えば」

彼女に応じる室生さんの声を聞いた途端、ずくん、と鼓膜に響いた。

少しハスキーで甘い……

うわっ、わたし何考えてるのよ⁉　あ、甘いだなんて、明らかにムッとした声なのに。

わたしは軽くパニックを起こし、ますます出るに出られなくなる。

「でも室生さん、いつも会社にいないから。あの、あたし本当に、室生さんのことが……」

「聞くだけ無駄だな」

室生さんは冷たい声で言う。これが噂に聞く一刀両断。

「無駄って――、ひ、ひどいっ！　あんまりです！」

伊津さんの声は震え、涙混じりになった。まさか泣く？　ここで？

「ひどい？」

室生さんの冷ややかな声音から、彼女の言動が迷惑以外の何ものでもないことがわかった。

だからって問答無用の端的な言葉でバッサリいかれちゃうのは、さすがに伊津さんが気の毒になる。同じ女としては、断るにしても、もう少し言葉を選んでほしいところだ。

すっかり立ち聞きモードになってしまったわたしは、伊津さんに同情する。

とはいえ、いつ誰が通るとも限らないこんなところで告白されても困るに違いなかった。室生さんも仕事中だろう。せめて休憩時間だったら、彼の態度ももう少し違ったんじゃないだろうか。

でも室生さんはたいてい商談に出かけていて社にいないことが多く、終業時間になっても自分の席に着いていることは滅多にない。伊津さんは、見かけた今がチャンスと思ったのだろう。なんといっても彼は女子に人気だ。誰よりも先に想いを伝えなければ、という焦りがあったのかも……

などと考えつつ、わたしはポケットに入れていたスマホで時間を確認した。

どうしよう。いつまでもここで身を潜《ひそ》めているわけにはいかない。ただでさえ、今日は想定外のことで仕事が押している。

このままでは残業になりかねなかった。

それはさすがに嫌だ。終業後にデートする相手はいないけど、プライベートな時間は大事にしたい。先週買って積んだままになっている本を読みたいのだ。もちろんロマンス小説だ。

もう、空気を読まずに出ていこうか。たまたま声が聞こえたから立ち止まっただけで、気づかなかったら、通りすがっていた。

決まりだ、行こう。仕事は山積み、早く戻りたい。

よし、とわたしが頷いたとき、それは頭の上から降ってきた。

「また君か。今度は立ち聞きか？」

驚いて顔を上げると、そこに室生さんがいた。

「わ、わ、室生っ、さ、ん」

わたしはごくりと生唾を呑み、喉《のど》を鳴らす。

室生さんは、普段の無愛想な表情なんて比じゃない、眉間の皺《しわ》がいっそう深い顰《しか》めっ面《つら》だ。さっき甘いと感じてしまったその声は、糖分なんて微塵《みじん》も入っていない重低音に変わっている。

「ちがっ、そ、そんな、んじゃ……、えっと」

「これのどこが違うと？」

じろりと眇《すが》めた目で見られたわたしは、返事に窮《きゅう》する。

いや、どう見ても立ち聞きだ。実際、様子を窺《うかが》って話を聞いていたのだから。

でもそれは、出るに出れないものがあって――

わたしは室生さんから視線を逸《そ》らすように目を泳がせつつも、気になってちらちらと上から下まで全身を眺《なが》める。

目の前に立たれると、百八十センチ近い身長を一段と実感した。

シャツの襟《えり》にかからないように清潔に切りそろえられた少し癖のある髪。きりっとした男らしい左右の眉、間には縦皺《たてじわ》が刻まれているけれどそれも魅力の一つだ。

先ほどから訝《いぶか》しげに細められた眼差《まなざ》しさえ、カッコ良いと思ってしまった。わたし、いったいどうした!?

万由里の言葉が脳裏《のうり》によみがえる。

『でも、私が瀬理奈さんに一番のおススメだと思うのは、営業二課の室生さん――』

なんてことだ。万由里のせいで、妙に意識をしてしまう。

幸い（?）室生さんを前にしても、雷に打たれたような衝撃はない。彼は運命の人ではないのだ。まずは安心。

どんなにカッコ良くても、彼は駄目だ。だって彼はなんというか――

「君は、彼女と同じ課だな。三課はよほど暇と見える」

ほらね、この小馬鹿にしたような、ひねくれた物言い。

カチンときたわたしは、つい言い返した。

「暇ですって⁉　どこが暇よ。朝から忙しいわよっ‼」

ここに室生さんがいるということは、伊津さんはこの場を離れたんだろうか――そう考えたのは一瞬で、今朝からのことを思い出したわたしは、声を張り上げる。

「忙しいだと？　さっきからここにいたよな。盗み聞きしていた以外、何をしていたと言うんだ」

立ち聞きから盗み聞きに、バージョンアップ。どっちも侮蔑《ぶべつ》が込められている。

「好きでここにいたんじゃないわ。そっちが話してたから、気まずくて出ていけなくなっちゃったんじゃないの」

「こっちだって、好きでこんなところで話をしていたわけじゃない。まったく、女はどいつもロクでもないな」

忌々《いまいま》しげな口調に、わたしは敏感に反応する。

「ロクでもないってどういう意味かしら？　ああ、そうですよね。室生さんからしたら、女は話を聞くのも無駄なんですもんね。でもね、真面目に仕事してる女もいるの。自分が知っている女がすべてだなんて思わないでほしいわっ!!」

うわぁ、わたし何言っちゃってるの!?

わたしだって、仕事中に告白する伊津さんの行為が、褒められたものではないと感じている。ただ、室生さんの態度があんまりだから、少し気の毒になっただけだ。

それに、女性はすべてどうしようもない、と見下すような言葉にもムカついた――

でも、こんな喧嘩腰《けんかごし》でものを言うことはない。

ああ、もう!!　今日はいったいなんの厄日よ!!

「自分は違うとでも言いたげだな。だが俺にとっては、仕事中に呼び止めていきなり告白してくるのも、盗み聞きも大して変わらん。違いがあるなら教えてもらいたいものだ」

また盗み聞きと言ったな!?

後悔しているはずなのに、室生さんの口もとが意地悪げに引き上げられるのを見たわたしは、止まらなくなる。

「あら、案外、仕事以外は大したことないのね。仕事中に言い寄ったあの子もあの子だけど、それくらい上手くあしらえないの？　営業部のエースで、難しい商談もまとめちゃうなんて、噂だけなんじゃない？」

彼は先々月、業界大手の企業が仕切る土地再開発プロジェクトの一つ、高層マンションの施工販売を、従来の業者を抑えて請け負ってきた。室生さんの商談力――プレゼンの成果だ。

個人住宅がメインの三課と違って二課はそういった大型物件を扱っている。そのせいもあり、売り上げ額を比較すると、ここ最近、常に二課がトップになっていた。

それでも例の伝票の未処理がなければ、今回はうちの三課が――

ああ、思い出してしまった。早く席に戻って片づけなければ。

わたしは苛立たしげに、ぷいと横を向く。でも再び、室生さんの口が開かれるのを視界の端で捉《とら》えた。何か言う気だ。わたしが太刀打《たちう》ちできないようなことを……

「ふーん、わかった。どうやら君に言わせると、俺は女性のあしらいも満足にできない男らしい。だったらご教授願おうか。俺は常々女に煩《わずら》わされるのはご免だと感じているんだ。どうすればいい？」

「え、どうすればって……」

そんなこと訊《き》かれても困る。

そりゃ、仕事中に余計な時間を取られるのが鬱陶《うっとう》しいのはわかるけど。

わたしはつい真面目に考えてしまい、慌てて首を横に振った。

室生さんは、わたしを困らせたいだけだ。彼の業績を否定するような言葉を口にしたのが面白くなかったのだろう。

わたしは、ここまできたら彼に一泡吹かせてやりたくなっていた。つくづく負けず嫌いな性格だ。

それにしても、室生さんがこういう人だったとは意外だった。クールで無口という評判通り、こんな感情的なやり取りなんてしないと思っていた。

「どうした、さっきまでの威勢は。君は言われた仕事以上の提案をして営業を驚かせるんだろ?」

「はあ? 言っている意味がよくわからないけど——でもいいわ、とっておきの提案をしてあげる」

わたしは、人の悪い笑みを意識して口もとに浮かべる。

「あなた、適当な彼女とさっさと結婚しちゃいなさい」

「な——っ」

室生さんの取り澄ました顔がみるみる驚愕《きょうがく》に変わる。

やった、成功だ。この顔が見たかった。

わたしは内心でほくそ笑む。

どうしてこんな単純なことに気づかないのか不思議だ。特定の女性——彼女、もっといえば妻ができれば、言い寄る女性は減るはず。そんなの関係ないと猛攻する人は少数だ。

「俺に結婚、だと?」

訊《き》き返《かえ》してくる室生さんの眉間に、新たに皺《しわ》が一本増える。

「そうよ。いいアイデアでしょ? もちろん振りだけじゃなくて、本物のね」

本当は、偽装で充分だが、それは教えない。

「女に時間に取られるのはご免だと言ったはずだよな」

「ええ。でもそれが自分の奥さんなら別でしょ? 早いところただ一人のための王子様になることをお勧めするわ。そうしたら、周囲から騒がれることも減るわよ」

室生さんはなんとも言い難《がた》い顔になった。

「本物の結婚か――。てっきり名ばかりの彼女でも作って、お茶を濁《にご》せという話かと思った」

「あら、それじゃあ、あなたに告白してくる子がかわいそうよ。真剣に想っている子もいるでしょうに」

だいたい、その年まで女性とつき合ったことがないとは考えられない。三十二歳だというし、一人や二人、いや三人四人、もしかしたら片手で足りないくらい経験がありそうだ。

だからこういう男は、さっさと結婚してしまえ。こっちは恋人すらままならない、かわいそうな彼氏ナシの三十路《みそじ》前なんだぞ。

「ふうん。人の仕事を邪魔するのが真剣ねえ」

片頬を歪めた室生さんが、暗に伊津さんのことを当てこする。

「だがあいにく、俺には彼女はいない」

「あら残念ね。でも今はそうでも、すぐにできるでしょうよ。なんて言ったって、営業部のエースだもの。交渉は得意でしょ？」

「さっきは、女のあしらいもできない男だと言わなかったか？」

「そう？」

確かにそんなことも言ったけど、蒸し返させたりはしない。わたしはそろそろ話を終わらせたかった。

「……それにしても、王子様か。……悪くないかもな」

「え？」

室生さんは口もとに手をやって、何か思案する顔になった。

やだ、何その顔。

ロクでもないこと考えていそうだけど、少し愁《うれ》いを含んだその顔はイケメンに相応《ふさわ》しく、つい見《み》惚《と》れてしまいそうになる。

「俺に彼女はいない」

室生さんがおもむろに口を開いた。

それを聞くのは二回目ですが、何か。

「もっと言うなら、女が苦手だ」

あらまあ。でも、そうでなければ、あんなにバッサリ拒絶の言葉を吐かない。

「だから、頼むとしよう」

「頼む？」

誰に何を？

室生さんにじっと見詰められ、わたしはドキリ……じゃない、ゾクリとする。

すぐに回れ右しろ。今ならまだ間に合う。

そんな直感めいた危機意識が頭の中で騒ぎ始めた。

でも動けない。だって、もうわたしは――

室生さんに肩をつかまれていた。

そして、耳もとに唇が寄せられ、糖分百二十パーセント以上の甘い、少しかすれた声で囁《ささや》かれる。

「君に、女を教えてもらいたい」

今なんて——⁉

その瞬間、周囲の音と映像が消えた。

もう室生さんの姿しか見えない。声しか聴こえない。

わたしは急いで息を整える。吸い込んでは、吐いて。呑まれそうになる気を叱咤《しった》した。二十歳そこそこの小娘ではない。

「い、意味が……、言っている意味がわからないんですけど？」

声が震えそうになるのを懸命にこらえた。明らかに未熟、経験値が足りないけど、どうにか踏ん張る。

こんなの知らない。

でもこれは——

女をって……

教えるって……

「案外、うぶなんだな、君……、宮原さん？」

「——っ‼」

目の前にあった室生さんの口もとに、勝利の笑みが乗っていた。

「あ、あなたって!!」

「じゃあな、近々連絡する」

あ――、※◎◇■△♯▲▼□〓〆♂♀☆●!!

何が起きたのか理解を拒否する自分の頭を抱えて、わたしは声にならない叫び声を思いきり上げたのだった。

【2】

「うがぁ――、づがれだぁ――」

自宅に帰り着いたわたしは、玄関のドアを開けるなりカエルがひしゃげたような声を上げた。

最寄り駅から徒歩十二分をうたう単身者向けの五階建てマンション。実際には十四分かかるけど、それくらいなら許容範囲内だ。

三階の中部屋の一室がわたしの城。１ＬＤＫだがお風呂とトイレが別になっているのが気に入っている。

履いていたローヒールパンプスを脱ぎ捨て、玄関を上がった。五歩もいかないうちに、ダイニングテーブルとは名ばかりの物置台と化しているテーブルに辿り着いてしまう。そこに途中のスーパーで買った缶ビールと今夜の酒のつまみとなる総菜を並べ置く。

そして、そのままビールを飲みたい衝動を抑えて、まずは着替えるべく部屋の奥に向かった。

ベッドの上にたたんで置いておいたピンクのＴシャツ風のワンピースを手に取る。先日通販で買ったばかりのこれは、裾にフリルがあしらわれローウエスト切り替えが可愛い、今一番のお気に入りだ。

何を隠そうこう見えて、フェミニンというかプリティというか、可愛いものがわたしは大好きだったりする。ベッドカバーだって、カーテンだって、オトメチックなリバティ調の花柄プリントだ。

いい年してとかキャラじゃないとか似合わないとか、異論はまあ認めよう。だが家にいるときくらい、好きな格好で好きなものに囲まれ寛《くつろ》いだっていいじゃないか。

着替えたわたしは、今度こそはと缶ビールを取り、プルトップをプシュッと引き上げ呷《あお》った。

「くはー、んまぁい。疲れて帰ったときはこれよねえ」

ほどよく冷えた苦味と炭酸の刺激が喉《のど》を通って、胃をキュウッと刺激する。

わたしは買ってきた総菜の酢豚を皿に移し替えることもせず、レジでもらった割り箸で突《つつ》き始めた。

可愛いものが好きでも、やっていることがオヤジっぽいのは自覚している。もう少し体に気を使った夕食を用意したいけど、ついつい手軽さには勝てなかった。それだけ今日は疲れていたとも言える。

まったく、あれこれありすぎて締め日明けとは思えない、目まぐるしく過ぎた日だった。幸い残業にはならなかったけれど、ハードの一言に尽きる。

江原邸の資料作成をした流れで課長のアシスタントにはわたしがつくことになってしまったし、溜め込まれていた伝票については、以後そういうことが起きないように、二歳下の同僚を窓口にして、彼女から伊津さんに仕事を振る仕組みに変更した。わたしが仕切ると変に伊津さんが身構えてしまって、角が立つので。

そして、目下《もっか》一番わたしを悩ませているのは、例の件——

「室生圭佑」

わたしは今日の疲労の最大要因となっている男の名を口にする。

あれから少し、彼について調べてみた。

国内有数の大学の工業デザイン科卒。在学中にオーストラリアに留学。卒業後は個人の建築設計事務所に就職して一級建築士の資格を取り、三年前にうち〈菱澤工務店〉に中途採用された。そして営業所に勤務し、そこで経験を積んだ彼は本社営業に異動。それが二年前だ。

現在、営業部一の売り上げ男、エースと呼ばれている。もちろん名ばかりではなく、そう呼ぶに相応《ふさわ》しい結果をともなって。

ビールと総菜——レバニラと酢豚を順番に口に運びながら、彼の情報を脳内で展開させたわたしは、思わず溜め息を漏らす。

「どれだけハイスペックよ」

女子社員がこぞって結婚したいと騒ぐわけだと改めて感じた。これでどこかの御曹司なんていうスペックが加わりでもしたら、それこそロマンス小説にあるヒーローそのままだ。第一条件はとっくにクリアしているイケメンなのだから。

そんな人が女を教えてくれだなんて……

わたしは、行儀が悪いことは承知で箸先に歯を立てた。

耳もとで囁《ささや》かれた彼の言葉が再生される。

『君に、女を教えてもらいたい』

『案外、うぶなんだな、君……、宮原さん？』

うわぁ――

それまで冷ややかに喋《しゃべ》っていたのに、あのときの声はとても甘かった。

正直よろめいた。軽くときめきもしたほどの、艶《つや》のあるハスキーな声だ。

「やっぱり、からかわれたのよね？」

いくら、女が苦手で彼女がいないといってもだ。どうしてそこで、『だから、頼むとしようと』といういうことになるのか、わからない。

そもそも、どう考えたって、あれだけのスペック持ちが女を知らないはずがない。放っておいても寄ってくる。もちろん性的な意味を含めて。

きっと彼は、誰もが自分に夢中になってしまうという、傲慢《ごうまん》な考えの男なのだろう。

そんな彼を否定するようなことを言ったのだ。しかもあえて気に障《さわ》るように言葉を選んで。

つまり室生さんが、わたしに反感を覚えたのは自然な話だ。プライドを傷つけられたと感じたに違いない。

だからあんなことを――

どうしよう？　謝っておくべき？　そんなつもりはありませんでしたって？

だけどわたしだってあのとき室生さんに詰め寄られ、しかも立ち聞き、盗み聞きと言いがかりをつけられたのだ。その上、十把一絡《じっぱひとから》げに女はどうしようもないと見下された。今、思い出しても腹が立つ。

この怒りを黙って収めろって？

無理！　だいたい、わたしがあそこにいたのは、不可抗力。不、可、抗、力!!

事前に告白してるってわかっていたら、当然別ルートを探した。

「ふん。だったら、希望通り女を教えてあげるわ」

メラッと闘争心を燃やし、わたしは残っていたビールを一気に呷《あお》った。少し温《ぬる》くなっていたそれを飲み干すと、ダンと缶をテーブルに置く。

今日のこの疲労感の落とし前くらいつけてもらっても、バチは当たらないわよね？

「覚悟しなさい、室生圭佑」

敵前逃亡はしない。迎え撃つ。

良くも悪くもある負けん気の強さが、ジリジリと顔を出していた。

これでもわたしは身の程は弁《わきま》えている。自分の器量はわかっているのだ。可もなく不可もなく、取り立てて秀でているわけでもない。せいぜいその他大勢だ。

それに、男性経験なんて過去の手痛いアレしかなく、ほとんど処女のわたしに、女を教えるなんて大それた真似ができるはずない。

けれど、それでも教えてやる！　わたしという女を、わたしなりの方法で――

女は恋愛優先で仕事は二の次、全員自分に熱を上げているだなんて、そんな自惚《うぬぼ》れを打ち砕いてやるのだ！

三課最年長の女子社員を舐《な》めるなよ。入社してからずっと営業アシスタント、無為《むい》にここまできたわけではない。

わたしは二本目の缶を手にするとプルトップを引き上げた。


翌日、少々の寝不足を感じながらも出社したわたしは、自分の席に着くと室生さんの姿を捜した。隣の課と言っても部屋が区切られているわけではなく並べた机の列が違うだけなので、顔を上げて見回せば様子を容易に窺《うかが》える。

寝不足の原因はもちろん、どうやってあの失礼極まりない無愛想男——室生さんに女を教えるか作戦を立てていたからだ。

そこで導き出した結論は、まずは相手を知るべし。

彼を敵と認定した以上は、しっかりとリサーチしよう。そこから目にもの見せるためのアプローチを考えるつもりだ。自称「女嫌い」を治すためにも、まずは彼のわたしに対するイメージアップを図る。

よくある恋愛シミュレーションゲームなら、挨拶《あいさつ》したりにっこり微笑んだりで好印象を与えるといったワザを使うのだが……

口喧《くちやかま》しいお局《つぼね》コースを邁進中《まいしんちゅう》のわたしが微笑んだところで、効果があるとは思えない。受付嬢の万由里ならまだしも、却って具合が悪くなると言われて引かれる光景が、頭に浮かぶ。

室生さんの好みを憶えて小休憩のときにお茶を淹《い》れてみようかとも考えついたが、昼の休憩時すら社にいないのに、午後の休憩で席にいるなんて滅多にない状況だ。それ以上に、課が違うわたしがお茶を出したらおかしい。

正直なところ、まったく具体的な方法は思いついていない。こんなことで大丈夫なのかな、わたし。

あ、きた――

悩んでいるうちに、ターゲットが到来した。

今日もただのビジネススーツがデザイナーズブランドに見えてしまうほど着こなした室生さんは、始業チャイムが鳴る十分前に席に着く。どうやら彼は、早めに出社してくるタイプではないらしい。そのままこっそり見ていると、彼は周囲にいる同僚とこれといって話すこともなく、ひたすら、自分のタブレットに向かっていた。もちろん二課の女子社員との会話はない。彼をこそこそと覗き見ている他部署の女子にいたっては一瞥《いちべつ》たりともしなかった。

まさに孤高。

これをクールというか人づき合いが悪いというか判断はそれぞれだろうが、わたしからすると社会人としてのコミュニケーション能力を問いたいくらいの無愛想の極みだ。覗き見している女子はともかく、男性社員とは情報交換なり打ち合わせなりすれば良いだろうに。

タブレットを使ってメールチェック？　それとも時事ニュースサイトの最新情報でも確認しているのだろうか。

あまり見ていると気づかれるかもしれないと思い、わたしは自分の仕事に意識を戻した。三課の営業の予定を頭に入れながら、今日の段取りを組んでいく。

山口の出社は明日。それからあの問題児――伊津さんは、まだ出てきていない。せめて始業五分前には出社してほしいのだが、言っても素直に聞いた試《ため》しがないため諦めていた。とりあえず他の営業アシスタントと抱えている業務の相互確認をしなければ。

それらを心のタスクメモに書き終えたわたしは、また室生さんへちらりと目線を走らせた。

彼はまだタブレットの操作を続けているようだ。

今、いったい何を思っているのだろう。

わたしはふと、彼の気持ちが気になった。

昨日、あれだけのことをかましてくれたのだ。少しはわたしのことを考えてくれた？　それとも、その場限りの冗談など思い出しもしないのだろうか？

けれどすぐにはっとして、目を泳がせる。

我ながら決まりが悪くなった。これでは、まるで恋するオトメの悩みのようではないか。

『でも、私が瀬理奈さんに一番のおススメだと思うのは、営業二課の室生さん――』

おまけにここで万由里の言葉までよみがえってくる。

まさか、策を考えるあまり、しなくてもいい意識をし始めてしまったというの？

そうなの？　わたし!?

いやっ!!　いやいやいやっ!!　そんなはずはないっ!!

わたしは室生さんに一瞬たりとも運命を感じていない。二年前、こっちに異動してきたときだって、イケメンだなとは思ったけれど、それだけだ。

今だって同じ。彼のことはアウトオブ眼中。運命の人じゃない。

昨日、耳もとで意味深な言葉を囁《ささや》かれて、ついドギマギしてしまったが、あれはときめいたのではない。耳が……そう！　くすぐったかったのだ。つまり生理現象で、決して室生さんに胸を高鳴らせたわけではない。

わたしは、知らず詰めていた息を「ふぅ」と吐き出した。

女という存在を認めさせるのが目的であって、彼に好かれたいのではないと、自分に言い聞かせる。

だいたい初めから結果が見えている。

もしも万が一、仮に、わたしが室生さんに恋をしたとしても、迎える結末は、これまでの女性たちのように玉砕だろう。

わたしなど足もとにも及ばない、いわゆる「女性的」な人からの告白はこれまでにあったのだ。

「魅惑的」だったり、「蠱惑的《こわく》」だったりはもちろんのこと、良妻間違いなしと評判の「家庭的」な総務部の女子社員が去年退社したのは、室生さんに振られて居づらくなったからだなんていう噂も耳にしたことがある。

これといって魅力のないわたしが、彼にどんな恋愛アプローチができるというのだ。

保護欲をそそるようなドジッ娘《こ》キャラになって意外性で攻めるという案が思い浮かばなかったこともなかったが、すぐに却下する。これまで見聞きした話と実際昨日話した室生さんの印象は「S」。

それも「ド」をつけてもいいくらいだ。そういう男は、「征服欲」が強くて「保護欲」は弱い。ゆえに、これもない、ないのだ。

だいたい「ドジっ娘《こ》」なんて、わたし自身が無理。

――なんだか話が逸《そ》れてしまった。急いで、意識を根本に戻す。

わたしが、あの無愛想無礼千万な男に知らしめてやりたいのは、女だって責任を持って仕事に取り組んでいるんだってことだ――

始業チャイムが鳴り、営業部の朝礼が始まる。

前月の売り上げについて部長から話があった。売り上げ達成率トップは二課。惜しくも僅《わず》かに届かなかったのが一課で、大きく引き離されたのが三課だ。最終的に確定するのは来週だが、細かな数字の変動はあっても、この順位は変わらない。

いつもの通りと言えばそうだけど、あの伝票さえ回っていれば、と思うと今回は複雑だ。その分今月は三課がトップを取らせてもらう。昨日入力した分が今月の売り上げとして計上されれば、それなりにアドバンテージとなるはずだ。

朝礼が終了すると、室生さんは席を立った。取り引き先に出かけるようだ。

わたしは室生さんの姿が完全に見えなくなるのを待ってから、資料室に行く通りすがりを装《よそお》って、何気なく二課の行動予定が書かれたホワイトボードに目をやった。

室生さんの行き先は、〈常盤葉物産《ときわば》〉。彼が大口の契約を取ったという例の再開発事業を仕切る会社だ。帰社時間は書かれていないので、もしかすると終業まで戻ってこないのかもしれない。

まったく忙しい人だ。それに比べて、うちの課は——

三課を見ると、のんびりしたものだった。おもむろに電話をかけ始める者や資材見本帳をめくりながら何か書きだす者ばかりで、がつがつと仕事を始める様子はない。

そんな光景を目にすると、売り上げ目標を達成できないのは仕方がないように感じてくる。少しは、悔しいとか残念とか、ないのだろうか。

もっとも、室生さん以外の二課の面々ものんびりしていて、大差なかった。エースとそうでない者の差なのかと、変に納得してしまう。

しかしまだ始業して三十分だ。さすがに昼まで席を温めてはいないだろう。

わたしも仕事に取りかかろう。それをおろそかにしてまで室生さんにかまけては、本末転倒だ。いずれ、女だってきちんとした仕事ができるのだと彼に教える機会はある。

そして、事件は起きるのだった。


わたしが室生さんを観察するようになってから、そろそろ一週間が経とうとしていた。

彼は相変わらず、忙しい。朝礼後、すぐに出ていく。行き先はもちろん担当する取り引き先だ。午前中社にいたのは二日ほどだった。

結局、女を教えるどころか、接触すらしていない。彼のほうから連絡するとか言っていたけれど、それもなかった。

もう、あのときのあれは、ちょっとしたその場の冗談だったのだから、なかったことにしようかと考え始めていたときだ。

「伊津さん？　あら、コーヒー？」

行きつけの洋食屋で昼食を済ませて戻ってくると、珍しい光景を目にした——そう言うと失礼だとは思うけれど、あまり見たことがないのは確かだ。

あの伊津さんが、お盆に紙コップに入ったコーヒーを載せて給湯室から出てきたのだ。

「部長に頼まれたんですよ。ショールームまで持ってきてほしいって」

ちらりとこちらを見て、これぐらいできると胸を張る伊津さんに、わたしはなんだか微笑ましいものを覚える。

そうかそうか、いろいろ言いたくないことも言ったけど、ようやくわかってくれたんだね。

女子社員がお茶汲みをする慣習がなく基本セルフの会社だけど、頼まれてしまうことはある。

それを、これまでの彼女は、パワハラだと言いかねない勢いであれこれ文句を連《つら》ね、ガンとして拒否していたのだ。

「そうなんだ、部長に。何か打ち合わせなのかな。珍しいわよね、ショールームでなんて」

伊津さんが運んでいるカップの数は四つ——あれ？　今、何時だっけ？　昼休みがもうすぐ終わるから……

「ショールーム？」

わたしは伊津さんに訊《たず》ねる。

「ショールームです」

オウム返しされた。

普通そこでするのは、社員同士の打ち合わせではなくて、取り引き先との商談だ。

「ちょっと待って、伊津さんっ」

わたしの脳裏《のうり》によぎったのは、室生さんの予定だった。今日は珍しく朝から社内にいて、出かける様子がなかったのだ。それもそのはずで、昼一番、一時から来客と予定表に書き込まれていた。

「なんですか？　いちゃもんつける気ですか？」

焦って伊津さんを引き留めると、見る見るうちに彼女は目を眇《すが》め、不機嫌な表情になる。

「いちゃもんなんてないわ。でもちょっと待って。確認するから」

わたしは近くの内線電話に手を伸ばし、受付の番号を押した。

すぐに聞き慣れた友人の声が聞こえる。

「忙しいところ、ごめんなさい。今、どこか来社された？」

『ええ、常磐葉様がいらしてます。部長の栗林《くりばやし》様と担当の野際《のぎわ》様。今から八分ほど前ですね』

万由里は、すらすらと名前と来社時間まで答えた。

「ありがとう。もう一つ頼まれて。コーヒーを四つ、ショールームまで出してくれる？」

『承知しました。実は連絡がないので、お客様の分だけでも出そうかとこっちも困ってたんですよ』

「ごめんね。できるだけ急いでもらえたら嬉しい」

了解、との明るい声を聞いたわたしは受話器を置いた。

「宮原さんっ！　どうしていつもそうやって邪魔するんですっ⁉　頼まれたのはあたしなのに、受付に何言ってるんですか⁉」

ホッとしたのもつかの間で、わたしは頭を抱えたくなった。彼女のためにもきちんと説明しておかなければならない。

「伊津さん、部長がどういう頼み方をしたのかわからないけど、来社されたお客様には自動販売機のコーヒーは出さないの。受付に頼めば手配してくれるから」

明文化されてはいないが、来客時のお茶出しについては、受付に頼むことになっている。受付嬢たちが、きちんとドリップしたものを出してくれるのだ。

「はあ⁉　なんですかそれ。部長、客なんて言ってませんでしたよ⁉　コーヒー四つ、ショールームにって」

「うん、そうね。言ってなかったのね。でも、ショールームって、部長は言ったのでしょう？」

長くこの会社にいる部長は、「ショールーム」だけで判断できると思ったのだろう。来客かどうか迷ったとしても、受付に訊《たず》ねれば済むことだ。

「それがなんなんですか」

言い返され、わたしは内心で小さく溜め息をつく。

「ショールーム、イコール、たいてい来客なの。だからお茶を頼まれたときは、受付に連絡すればやってくれるから」

まったく部長も、「来客」の一言をつけ加えておいてくれたら良かったのに。そうしたらいくら伊津さんでも……

「そんな話、聞いていません」

「え……？」

わたしは、口が半開きになった状態で固まった。いったいなんなのよ、どんだけなのよ、この娘。

ああもう面倒くさい。

わたしは三課をあずかる営業アシスタントの先輩として、彼女が配属になった日にこの話をちゃんと教えていた。それに、少し周囲を気にしていれば他の社員の動きからでもわかるだろう。

彼女はもうここにきて一年になる。だからわたしはもう少し自覚を持ってもらいたくて、強めに諭《さと》す。

「だったら今憶えて。もう新人じゃないわ」

「わかりました。でしたら、もうやりません。そのほうが間違いがないでしょうから。宮原さんていつもそうですよね。何かっていうとイヤミったらしくグチグチ言って」

「は？」

やらないってどういうことよ!? だいたい、ここまでのどこが嫌みなのだ。

喉《のど》もとまでせり上がってきた言葉をわたしはすんでのところで嚥下《えんげ》する。

頭痛が痛い。

表現が間違っているのは承知だ。しかしそう言いたくなってしまう、このもやもや感いっぱいの気持ちをどうしたらいいんだろう。

言葉が通じない。これが世代の差？　ジェネレーションギャップ？

「おい、何してる。常磐葉様はもうショールームにみえているんだぞ。コーヒーはどうした」

そんなところに、営業部長が幾分きつめの口調で声をかけてきた。伊津さんにコーヒーを用意するように言った、その人だ。

「なんだ、それは。まさかそれを出す気か？　相手は客、それも業界大手の常磐葉様だぞ」

部長が、伊津さんが手にしていたお盆に載った紙コップのコーヒーに気づいて眉間に皺《しわ》を寄せる。

「いえ、違います。コーヒー、四つですよね。受付にショールームまで出してくれるよう頼みましたので、大丈夫です」

わたしは、顔を引《ひ》き攣《つ》らせた伊津さんを背に庇《かば》い、笑みを貼りつけて答える。

「そうか。ならいい」

納得顔で去っていった部長の背中を、伊津さんは憤然として忌々《いまいま》しげに睨《にら》む。

「部長は言葉が足りないときがあるの。腹が立つだろうけど、わからないときは訊《き》いて」

わたしは僅《わず》かに肩を竦《すく》め、お盆にコーヒー代を置く。たまたま洋食屋で払ったランチのお釣りがポケットに入っていて、その金額がコーヒー四つ分に近かったのだ。

「なんですか、これ」

怪訝《けげん》そうに訊《き》かれたわたしは、素っ気なく答える。

「自腹なんでしょ。ポケットに入ってたの。それより、戻るわよ」

浮いてしまった自動販売機のコーヒーは、ちょうど居合わせた三課の営業アシスタント四人でいただく。少し温《ぬる》くなっていたが、猫舌のわたしにはちょうど良かった。

そうしてその後、担当する顧客への礼状をずっと書いていたわたしは、一息つきたくなり、手を止めた。通路を挟んだ隣の課の机から内線電話の音が聞こえてくる。

(早く誰か、取りなさいよ)

そう思い、音がするほうに顔を向けると、一向に鳴りやまない電話の近くには、取るべき者がいない。

そういえば、さっき二課の女子が席を立っていた。多分トイレだろうが、少し離れたところにいる二課の営業は別の電話に対応していて、出ようにも出られない。

電話が鳴り続けるのに我慢ならず、わたしは立ち上がると電話を取った。

「はい、三課の宮原です」

『……二課の内線じゃないのか？』

案の定、受話器から怪訝《けげん》そうな声が聞こえる。その声に、わたしはドキリとした。

(室生さん⁉)

鼓膜を震わせる低音に騒ぐ胸をどうにか落ち着かせて、努めて平静に返す。

「タイミングが悪かったわ。ちょうど今、二課に出られる人がいなかったのよ」

耳の奥がどんなにジンと痺《しび》れても、それを態度に出して、ところ構わずキャーキャー言う年齢じゃない。今は仕事中だ。

『そうか……』

「わたしでわかることなら言ってください」

受話口から聞こえた室生さんの声に逡巡《しゅんじゅん》めいたものを感じたわたしは、促《うなが》してみる。

部長も同席している商談を中座して電話をかけてきたのは、何か必要あってのことに違いない。

『――コピーを二十枚ほど頼みたかったんだが』

「コピーですね。では今からそちらに行きます」

『君が？』

わたしが二課の誰かに言《こと》づけるとでも思っていたのか、室生さんは意外そうな声を出す。

「ええ、わたしが。必要なんですよね？」

『そう……、君は――』

「これくらい構いませんよ。今なら手が空いてますから」

室生さんは三課のわたしに用を頼むことを気にしていた。だが、トイレに立った女子はまだ戻ってきそうにないし、その程度のコピーを取るくらい大したことではない。何より、困ったときはお互い様だ。

わたしはちょっとした気分転換になりそうだと気安く応じて、受話器を置く。三課の同僚に席を外すことを伝え、ショールームに向かった。

モデルルームのように美しく家具が展示されたブースの一つで、部長と室生さん、〈常磐葉物産〉の二人が向かい合って話をしていた。

わたしは「失礼します」と声をかけてから中に入る。すると強く、香水の甘ったるいにおいがした。

このにおい——おそらく、有名ブランドのあれだ。わたしも海外土産《みやげ》でもらったことがある。甘さが苦手で使っていないけれど。

「すまないな、これを頼む。常磐葉様にお渡しする分と部長とで二部だ」

わたしの声で室生さんが立ち上がり、コピーする十ページほどのレジュメを手渡してくれた。表紙には、再開発におけるなんたらとあるので、プレゼンの資料だろう。

「わかりました。二部ですね」

返事をしながら、室生さんの陰に隠れて、ささっとテーブルの上を窺《うかが》った。

広がった書類に資材サンプルがいくつか、スマートフォンとタブレット、それとコーヒーカップ。ついでにこの、においの主であろう常磐葉の女性部長も視界の端で捉《とら》える。結構、化粧が濃い。

(カップは空のようね)

わたしの目線の先に気づき、室生さんが一瞬怪訝《けげん》そうに眉根を寄せる。それを無視して頭を下げると、わたしは書類を手にその場をあとにした。商談はまだ続きそうな雰囲気だ。

営業部と同じフロアにあるコピー室に向かう途中で、手近な電話から受付に連絡する。

「営業三課の宮原ですが、ショールームにお茶を四つお願いします。先ほどコーヒーを出してもらったので、今度は緑茶で」

内線電話に出たのは万由里ではなかったが、これだけ伝えれば大丈夫なはずだ。

わたしは、コピーに取りかかった。コピー機から吐き出されてくる用紙を、預かった書類と同じように綴《と》じて、ショールームに戻り室生さんに渡す。

再びテーブルを窺《うかが》うと大差なく書類は広がっていたが、コーヒーカップが湯呑み茶碗に置き換わっていた。

さすが受付。きっちり頼んだ通りやってくれる。しかも茶菓子まで添えてあった。

わたしは、達成感にも似た満足を覚えて、つい口もとを緩めてしまう。それを急いで引き締めると、室生さんに目礼して踵《きびす》を返した。

ともかく、これで用事は終わりだ。時間は小休憩に入ろうとしていた。

(今日中に発送の下準備までやってしまいたいな)

十五分の休憩を取り、自分の業務を再開したわたしは、また礼状書きを続けた。

お礼状なんてパソコンで作って一律で印刷してしまえば楽だけれど、「家」という高額な買い物をしてくれたお客様への、ちょっとした感謝の気持ちで、うちの課では手書きに拘《こだわ》っている。

非効率だとか、無駄とかいう声もなくはないが、メンテナンスやリフォームの際に、引き続き声をかけてもらえる理由の一つだと思いたい。営業として直接お客様の相手をするわけではないアシスタントができる後方支援のつもりだ。

そんなことを考えていたとき、ふと二課から声が聞こえた。

「ショールームの片づけですか？　今ちょっと手が離せないので、あとでやっておきます」

わたしは、動かしていた手を止める。隣の課の女子社員が内線電話に出ていた。察するに、商談が終わったのだろう。つまり相手は室生さんだ。

でも、あとでって。ショールームは、いつでも人を迎えられるよう、常に片づけられているべきで……

気にはなったが、そうそう三課のわたしが出張ることはない。人がいないなら手伝うのも吝《やぶさ》かではないが、今は二課のアシスタントが席にいる。

ちらりと窺《うかが》うように目をやると、バッチリ目が合ってしまった。

「宮原さん、お、お願いしても良いですか……」

「はい？」

彼女は青い顔で苦しげに頼んできたのだった。

頼まれてしまった以上、仕方がない。わたしはお盆を手にして、今日三回目となるショールームに向かう。

『課が違うのはわかっているんですが、すみません。今うちの課、人が出払ってて。で、私も……』

彼女の説明を思い返す。

聞けば二課のアシスタントは、一人有休でおらず、営業について商談に行っている者が一人。そして残っていた彼女は、昼からお腹の具合が悪く、トイレを往復しているという話だ。

わたしは営業部の先輩として、いや、人として体調不良の彼女に早退を促《うなが》しておく。

課が違い、毎月の売り上げを競い合っていても、同じ営業部。何かあれば助け合いたい。

幸い、今わたしがやっていることは、一分一秒を惜しむような急を要するものではなかった。

ショールームに着くと、そこに人気《ひとけ》はなく、テーブルの隅に資料や湯呑みがひとまとめになっている。

（室生さんがやったのかな？）

てっきり使ったまま放置してあると予想していたのに、それをやったと思わしき人物が彼であろうことも含め、意外この上ない。

わたしは資材のサンプル帳を棚に戻し、湯呑みをお盆に載せると、その場をあとにした。

ショールームと同じフロアにある給湯室で湯呑みを洗う。これを受付に返せば、片づけは終わりだ。

そのとき気配を感じて、わたしは戸口へ目をやる。そこには室生さんが立っていた。

「人がいたのか」

舌打ちでもしそうなほどに口もとを歪めたのが、目に留まる。

「いたらいけませんか？　片づけを頼まれたんです」

どうしてなのか、ついつい彼を前にすると喧嘩《けんか》口調になる。自分でも子供じみてるなと思わないでもない。まったく、あの日朝ぶつかってしまってから話すたび、印象が悪すぎるせいかもしれなかった。

「二課のアシスタントはどうした？　彼女に頼んだはずだが」

「その彼女の代わりです。体調不良みたいなので早退するよう言っておきましたけど」

「……そうか」

ふい、と横を向いた室生さんの目もとが、ひくひく痙攣《けいれん》しているように見える。これくらいの会話で気分を害したのだろうか。だったら室生さんのほうがずっと大人げない。

わたしは洗いものを続けていたが、彼の視線を感じて手についた洗剤を洗い流す。そして洗い終えたばかりの湯呑みに水を汲み、室生さんに差し出した。

「なんだ、これは。洗っていた湯呑みだろ」

「水でも飲みたいのかなと思ったので。わたしが洗っているのを見ていましたから」

「……そ、そうか。いや、それより手を洗わせてくれ」

意を決したように中に入ってきた室生さんは、どこか切羽詰《せっぱつ》まった形相《ぎょうそう》でシンクの前に立つ。

わたしは行き場を失った湯呑みの水を流し、脇にずれて彼のために場を空けた。

「……ハンドソープありますよ？」

不機嫌な顔で蛇口から勢いよく出る水を手で受け、指の一本一本まで丁寧かつ入念に擦《こす》っている室生さんに、備《そな》えつけのソープボトルがあることを言ってみる。

「それは無香料か？」

「え？　いえ、フローラルブーケの微香タイプですね」

ボトルのパッケージに書かれた文字をわたしは伝えた。

「なら、いい」

もしかして無香料じゃないと使わない？

端的な返事に興味を引かれてしまい、わたしは気になったことを訊《たず》ねる。

「そんなに強く擦《こす》って。何か触ったんですか？」

「油断した。最後に手を握られてしま……、い、いや。なんでもない」

「手を握られたって、どういうことですか？」

慌ててなんでもないと言い直した室生さんに、つい食い下がるように訊《き》いてしまった。

手を握るって、ここが会社であることを考えると、握手？　しかも、油断したって――

「……ロクでもないこと、考えていそうだな」

「え？　そうですか？」

わたしは澄ました顔を作って答えるが、見透《みす》かされているような気がする。確かにロクでもないことを考えていた。

室生さんにここまでさせてしまう人って誰だろう、って。

握手くらい、ビジネスシーンならままあることだ。それを油断したとか、手を洗うとか。相手がよっぽど嫌なんだと想像してしまう。いや相手ではなく、室生さん自身に問題がある可能性だって考えられる。

もしかして室生さんは潔癖性？　なんでもそつなくこなす男の、意外な欠点を知ってしまった。

わたしは、いけないと思いつつも表情筋を緩めてしまう。

「その顔やめろ」

ちらりとわたしを見た室生さんが、忌々《いまいま》しげに言い放つ。

「やめろと言われても、こういう顔ですが――はい、どうぞ。ハンカチを持っているのかもしれませんが、濡れた手で触るとスーツが濡れてしまいます。これは洗い置きの使っていないタオルです」

水を止めた室生さんに、わたしは回りくどい説明をつけて戸棚から出した未使用のタオルを渡す。

「くそっ、誰にも言うなよ。俺がここで手を洗っていたことは」

タオルを受け取った彼は、ガシガシと水分を拭《ぬぐ》った。

「わかりました。言いませんが、もう少し情報を開示してくれませんか？」

「なんだと？」

ピクリと片頬を強張らせ、室生さんの眉間に皺《しわ》が深く刻まれる。

あ、苛立たせてしまった？　好奇心を刺激されたとはいえ、つい調子に乗って口を滑らせたのは反省だ。

とはいえ、こんな室生さんは初めて。『くそ』とか言っちゃって、『誰にも言うなよ』って口止めなんて。とても、クールで無口な営業部のエースには見えない。

そういえば彼は女が苦手だと言っていた。だからこそわたしに、『女を教えてもらいたい』とかなんとかという話が出たわけで――

「手を握ったのって、常磐葉の部長さん？　香水のにおいが凄《すご》かったけど」

わたしは深く考えることなく、脳裏《のうり》に閃《ひらめ》いたままを口にした。

でもすぐに失言に気づく。担当の営業に、取り引き先の人をけなすようなことを言ってしまうなんて、馬鹿すぎる。

どうして室生さんが相手だと、言わなくてもいいことを言ってしまうのだろう。前回だって、言い合いになった発端《ほったん》は、わたしが売り言葉に買い言葉で反応してしまったせいだ。

「……どうしてわかった？」

「え？　どうしてって——先日、『女が苦手』と言ってませんでした？　まさか手を洗いたくなるほどだとは思いませんでしたけど」

驚いたような目を向けられたわたしは、正直に答える。

つまり、女性限定の潔癖性？　だから彼女もいないっていう。

そういうことってあるのだろうか。じゃあ、わたしに女を教えてほしいっていうのは、どういう意味？

「……あのときの会話で、そこまで気づくとは——そうだ。君は話に聞いていた通り、なかなかの女性のようだな。ふむ」

何、その上からの物言い。やっぱり、いちいち腹が立つ。

すると突然、室生さんは戸口に向かった。

「えっ、室生さん？」

何をするのかと見ていると、まるで外の様子を窺《うかが》うように頭を出し、ドアを閉めて戻ってくる。

「あ、あの？　ドア閉めて、いったい……」

これって、どう考えても密室に二人きり——!?

彼の考えていることが、さっぱり読めない。

「人に聞かれたくない話だからな。希望通り情報を開示してやる。それに君は」

次の瞬間、手を握られた。そして、それを口もとに持っていかれる。正確には、鼻の下。においをかぐように――

「はいいいいっ!?」

何するんですか、と切り返したいのに、言葉が喉《のど》に貼りついて出てこない。頭の中が一瞬にして真っ白になった。

「……やはりそうだ」

何がやはりなの!?

わたしは声にならない悲鳴を上げ続ける。

女は苦手だって言ってたわよね？　もしかして女性にカウントされていないの……？

「室生さんっ!!」

わたしは、どうにか声を上げた。

「ああ、すまない。だが、ドアを閉めてるとはいえ、あまり大きな声を出さないでくれ」

すまないと言いながらも、さほど気にしていない素振りで室生さんはわたしの手を離した。

わたしは頷くのが精いっぱいだ。取り戻した手をもう一方の手で包むように固く握る。気のせいでなければ離される直前、柔らかいものが指先に触れた。

あれって、もしかして唇？　いや、もしかしなくても唇だ。

指先に口づけるのは賞賛や感謝の気持ちを表すというが、そんなわけがないのはわかっている。きっとたまたま触れちゃっただけだ。そう、たまたまね。

単なる事故なんだから狼狽《うろた》えるな、と自分に言い聞かせる。

三十歳目前の女が、何をやっているのよ。いくら室生さんがイケメンでも、そこは平常心でさらりとかわすところでしょう？　どんなときでも慌てず騒がず、沈着対応はどこへ行った？

「……話してくれる気があるなら早めにお願いします。わたし仕事、途中なんです」

このまま二人でいるのに気まずさを覚えたわたしは、早く話を切り出せと室生さんを急《せ》かす。

しかしそんな胸のうちなど気づくはずもなく、彼は顎《あご》に手を当て小難し気な表情でわたしを見た。

それも全身――足もとから頭まで。下から上へ、視線が動く。

それが二往復した頃、ようやく彼は口を開いた。

「――他言無用だからな」

そこで言葉を切り、わたしの反応を窺《うかが》う。

「ええ。誰にも言いませんよ」

「実は、な」

またも言葉を切り、彼はわたしを見た。

何をもったいつけているのだ？　それほど言い難《にく》いことなの？　だったら無理に訊《き》こうとは思わないのだけど……

「言いたくないなら――」

けれど、わたしの言葉を室生さんが遮《さえぎ》る。

「いや、聞いてほしい。……俺は人工香料が駄目なんだ。主に化粧品系なんだが、ひどいときは涙が出るし、くしゃみが止まらなくなる。だから化粧品売り場なんか、今は絶対行かない」

「は？」

どれだけのことを言われるんだろうと身構えていたわたしは、一瞬、意味が把握できなかった。

頭の中で今聞いたことを整理する。

要は花粉症みたいなアレルギー持ち。その要因が化粧品の香料という。

気の毒に。イケメンなのにアレルギー？　いや、イケメン関係ない。人それぞれの体質だ。

「ああ、だからさっき無香料かって訊《き》いたのね。じゃあ今日の商談、大変だったでしょう？」

常磐葉の女性部長は、化粧が濃かったし香水も凄《すご》かった。

「今日はくるのがわかっていたので、先に市販の鼻炎止め薬を呑んでおいた。だが、症状を抑えられても、におわなくなるわけじゃないからな」

「あ、女性が苦手っていうのはそういうこと。普通女性は化粧してますものね」

わたしはピンとくる。

「そうだ。だから一緒に食事なんてとんでもない。僅《わず》かでも駄目だ。においで食事がまずくなる。近くに寄られたくもない。ましてや触られるなんて言語道断《ごんごどうだん》だ」

「そこまで言いますか」

化粧しているというだけで――

これはかなり重症ではないだろうか。ただのアレルギーではなく、別の要因がありそうだと勘ぐりたくなる勢いだ。

わたしは室生さんを気の毒だなと思いつつも、完璧だと思っていた彼の隙めいたものに、これまでにない親しみを覚える。本人は本当につらくて大変なんだろうけれど。

「あれ？　でもわたしだって化粧してますよ？　昼休みに化粧直ししたから、ばっちりくっきりです」

「だから、そこだ！　どこの化粧品を使っているんだ？」

……そこ？

「うーん、そんな珍しいものじゃないけど。普通に売ってるものだし……」

使っている化粧品は特別なものではない。多少香料が控えめではあるものの、天然素材に拘《こだわ》ってもいないし、何万円もするような高額品でも、海外ブランドというわけでもない。肌に合っているので使用している、ごくありきたりのものだ。

「そうなのか？」

「ええ」

頷くと、室生さんはまた難しげな顔をして考え込んだ。

「君の場合、どういうわけか気にならないんだ」

気にならないって、何？　なんだか、わたしが特別のように聞こえるんですが？

わたしは首を傾げて、彼を見る。

「すまないが、もう一度確かめさせてくれ」

「確かめるって、何を――うがっ!?」

もう一度、ということはまた手を取られるのだろうか、なんて考えは一瞬で吹き飛んだ。

伸びてきた室生さんの腕に引き寄せられ、がっちりと抱き込まれて、わたしは体の自由を失う。

なんなのこれ⁉　何が起きたの⁉

頭の中は真っ白を通り越して、得体の知れない空間になっている。要は何も考えられない。

「不思議だ。前ぶつかったときも違和感がなくて変だと思ったんだ。試《ため》しに耳もとで囁《ささや》いたときもしっくりくるというか。あんな真似すれば、化粧のにおいで気分が悪くなるはずなんだが」

「な、なななな、いいっ⁉」

首筋に吐息がかかる。人の吐息なんて、気持ち悪いもののはずなのに、くすぐったくて、ぞくぞくする。決して不快でなくて――

わたし、変⁉

「あ、あ、あの……、わ、わた……」

こういうとき、なんと言えばいいのかわからない。

ドキドキするあまり心臓が口から出そうという状態を、わたしは今初めて体感しているのだった。

【3】


いったいどうしたら良いんだろう。

一日の終わり。食事を済ませて風呂に入り、あとは寝るだけとベッドに転《ころ》がったわたしは、大きく息を吐いた。

室生さんの言葉が頭から離れない。

ここ数日、本を読む気になれず、楽しみにしていたロマンス小説の新刊も、ベッドの脇に積み上げたままだ。

『女を教えてもらいたい』

見下すように言った彼に目にもの見せてやると意気込んだのは、つい先日。

アレ的な誘いをかけてくる女しか知らないらしい室生さんに、ちゃんと仕事をする女もいることを知ってほしかった。

それなのに、何をしたらそれを教えられるのか具体的な案を思いつかないうちに、室生さんが女性と距離を取っている理由を知ってしまった。

まさか彼が、化粧品の香料でアレルギーが出てしまう体質だとは思わなかった。

わたしは、いくらカチンときたからといって、安易に考えていたことを猛省する。

室生さんを気にするようになってわかったことだけど、そもそも彼は、ほとんど二課の女性アシスタントに仕事を振っていない。おそらく可能な限り自分でやっているのだ。

これはさりげなく二課の子に話を聞いて、裏も取れている。

室生さんは、通常社におらず取り引き先を回っているので、事務的な業務はアシスタントに任せているものだとばかり思っていた。

それをしないのは、できるだけ化粧をしている女性とかかわらないようにしているからだろう。

「あー、わたしって……」

寝返りを打ったわたしは、枕に顔を埋め、先ほどよりも大きく息を吐いた。三課で重宝がられ頼りにされているからといって、いい気になっていたのかもしれない。

あんな自分でなんでもやる人に、わたしだって仕事ができますと、どうやって示すつもりなの？

でも、ここで引き下がるのは、半端なまま試合放棄をするような気がして、ちょっと抵抗がある。気になるのだ。

化粧品、人工香料でアレルギー症状が出るのはわかったけれど、近くに寄られたくないとか触られたくないとかいうのは、なんとなくアレルギーだけが原因ではないような。ある意味、潔癖性みたいだ。

それに、わたし。わたしは、何？

給湯室で室生さんは、わたしにだけはアレルギー反応を起こさないと言った。

『君の場合、どういうわけか気にならないんだ』

それから、確かめさせてくれと、抱き締め——あわわわ、これは思い出してはいけない案件だ。

あのときの衝撃がぶり返してきそうになって、わたしは慌てて深呼吸する。

『でも、私が瀬理奈さんに一番のおススメだと思うのは、営業二課の室生さん——』

うきゃーっ!! なんでここで万由里の言葉が!? ああっ!!

どうしてこんなにたやすく脳内で再生されちゃうのよ。まるで呪いのようだ。

室生さんのことなんて、なんとも思ってなかったはずで、それなのにこの状況——

「よ、よしっ!! 寝よう。睡眠不足はお肌の大敵だからね。うん、そうしよう!!」

今考えがまとまらないのは、まだ彼のことを考える時期じゃないということだ。明日のことは明日考えよう。

そんな言い訳をしてベッドに潜《もぐ》り込《こ》むと、わたしは照明を落として目を閉じるのだった。


翌日、普段より早めに出社したわたしは、ショールームフロアの給湯室にいた。

(冷めちゃってる)

会社にくる途中コンビニで買ったコーヒーを飲むためだったのだが、せっかくのホットが制服に着替えてここにくるまでに冷めて、猫舌のわたしでも温《ぬる》くなっていた。……でも飲むんだけど。

(何やってんだろ、わたし)

今日に限ってコンビニに寄ったのには、わけがある。

昨夜、結局頭から室生さんのことが離れず、眠れないまま何度も寝返りを打って、ようやく意識が途切れたのは東の空がぼんやりと明るくなってきた頃だった。そんな寝不足気味の頭を起こすのに、コーヒーは必須。

でもコーヒーが飲みたいなら会社の近くのカフェでも良かったし、ここにある自動販売機のものでも構わない。

それを、どうしてわざわざコンビニに寄ったかというと――

出勤途中で、思いがけず室生さんに会ってしまったからだ。あのままでは会社まで一緒に行くことになるはずだった。それでわたしは、コンビニに寄るからと言って、別れたのだ。

同じ会社の人と偶然会い一緒に出社するぐらい、どうってことないのに。

(室生さん、変に思ったかな)

いつものことだけど、彼のスーツ姿は決まっていた。薄いブルーグレーのワイシャツもレジメンタル柄のネクタイも。今日も、さぞかし女子に騒がれることだろう。

だが、それは室生さんにしてみれば、迷惑以外の何ものでもない。結果的に女子に対して冷淡な態度を取らせてしまう一因になっている。

上からものを言われるのは我慢ならないが、アレルギーのことを知った今では、女性と距離を置くのは仕方がないかなと、少しは同情するわけで……

これでは昨夜と同じだ。もんもんとぐるぐるして考えがまとまらない。

それにしても、今朝の室生さん、出勤早くない?

彼がくるのは始業時間の少し前なのに、三十分も早く出社したわたしと、通勤途中で会うなんて思わなかった。

「あふぅ」

不意にあくびが出る。少しコーヒーを飲んだくらいでは眠気は取れないようだ。

両手でカップを持っていたため、出るに任せて大口を開けた。

そのとき、いきなりドアが開き、驚いたわたしは慌てて口を閉じる。

「ふにゃ⁉　室生さん⁉」

「――見事なあくびだな」

室生さんが笑いをこらえながら入ってくる。迂闊《うかつ》にも、しっかり見られてしまったようだ。

「コンビニで買ったの、それか？」

「あ、そ、そうです」

室生さんの視線が手もとのカップに注がれる。

「あ、あの……、な、何か、用ですか？」

あ、馬鹿わたし。いくら声をかけてきたからといって、わたしに用があるとは限らないのに。ここは給湯室だし、自動販売機でドリンクを買うためだと考えるほうが普通じゃないの。

「コーヒー、飲むかと思ってね」

「え、あ、そ、そうですね」

ほらね、彼はコーヒーを飲みにきたのだ。販売機の正面にいたわたしは、きまり悪く感じながら奥にずれて、彼に場を譲った。

室生さんが小銭を取り出してドリンクのボタンを押す。ブラックだ。

かしゃんとカップがセットされる音がして、販売機からドリンクを抽出する音が聞こえてきた。

ほんの少しの沈黙。聞こえるのは販売機の音だけ。それだけのことなのに妙に落ち着かなくなる。

「コンビニに寄ったとしても、そろそろ営業部にくると思ったのに、顔出さないからどこに行ったのかと思った」

沈黙を破ってくれたのは、室生さんだった。自販機からカップを取り出しつつ、そう言う。

「はあ……、え？」

わたしのことを言ってる？　勘違いかもしれないけど、わたしを捜した？

「そしたら、ここにいた」

「……いたらいけませんか？」

また喧嘩腰《けんかごし》になってしまった。

考えなしに口から出た言葉を悔やみながら、わたしは横に並んだ彼をそっと窺《うかが》う。

彼は気を悪くしたようには見えなかった。

良かったと、小さく息を吐いてカップのコーヒーを啜《すす》る。

「たいてい朝、ここにいるんだ。このフロアは静かだからな。考えごとするのにちょうどいい」

そうだったのか。確かにここは他の階と違って静かだ。

「わたし、室生さんの邪魔してます？」

「いや？　――つっ、出したては熱いな」

カップコーヒーを飲もうと口をつけた室生さんは、熱いと顔を顰《しか》める。

「それ、何？」

「え？　何って……あ、コーヒー——砂糖もミルクも投入済みのコーヒーです」

一瞬意味がわからなかったが、室生さんがわたしの手もとを見ているのに気づいて答える。

「——少し分けてくれるか？」

彼は手にしていたカップをわたしに差し出した。

「……いいですよ？　これもう冷めてますから、温《ぬる》めるのにはいいかもです……」

室生さんブラックなのに、良いんだろうか？　それに、コンビニのコーヒーと自動販売機のコーヒー、混ぜちゃって大丈夫なの？

知らないぞと内心で思いながら、カップの蓋《ふた》を取って室生さんのカップに注ぎ入れる。

「よし、飲める」

さっそく口をつけた室生さんに、わたしはくふっと噴き出した。

「室生さんって」

「なんだ？」

わたしが突然笑ったせいか、彼は訝《いぶか》しげに目を細める。

「ごめんなさい。深刻なアレルギーで神経質なのかなって思ってましたけど、意外と無頓着《むとんちゃく》な面もあるんだなって」

「これのことか？」

カップを目の高さに掲げられ、わたしは口もとをむずむずさせて頷く。

「ブラックなのに、ミルクの入ったわたしのコーヒーを入れちゃうんですから」

「俺はそれほどコーヒーに拘《こだわ》りがないな。インスタントもドリップも飲む。ブラックが多いが、気分によってはミルクも入れる。砂糖も」

「わたしはまた、コーヒーは豆を焙煎《ばいせん》するところから始めるのかと思ってました。においに敏感なんですよね？」

するのと、彼はふっと口もとを緩める。

もしかして笑った？

そういえば、トレードマークのような眉間の皺《しわ》も、朝だからなのか、まだ深く刻まれていない。

「豆の焙煎《ばいせん》からね。においはアレルギーがあるから多少人より敏感かもしれないが、俺はどんなイメージなんだ？」

「えっと……、室生さん、気難しい人というか、厳しいというか、いろいろ拘《こだわ》りがあるんだろうなというか……」

「俺が気難しい？　そうなのか？」

意外そうに訊《き》き返《かえ》される。

「女子社員の間では有名ですよ。告白する女子はバッサリ振るし、無駄口は一切認めないっていう感じで」

まさか、自覚なし!?　告白してくる女子を問答無用のダメージ最大で薙《な》ぎ払《はら》っちゃってるのに――

「あれは、手っ取り早く話を終えてほしいから、簡潔に応じてるだけだ」

「なるほど。……においアレルギーって、面倒くさいですね」

一緒にいればそれだけアレルゲンに身をさらすことになるから、距離を取るということか。部署にあまりいないのも、始業ぎりぎりにしか現れないのも、そのせいかもしれない。

でも、室生さんが女性に素っ気ない態度になる理由は、それだけなのだろうか。

「――宮原さん」

「はい？」

なんの脈絡もなく、名を呼ばれたわたしは、どうかしたのかと首を傾げて室生さんを見上げた。

「この間の資料のコピー、助かった。ありがとう。礼がまだだったな」

「ひぇっ⁉　あ、あ、ああ、あれ……」

ありがとう？　ありがとうって、室生さんがわたしに、ありがとう⁉

そんなこと考えてもいなかったわたしは、驚いて声が裏返った。

「それから、お茶。宮原さんの指示だとあとで受付で聞いた。あれも助かった。まだ商談は続いていたから、次がほしいと思ってたところだった」

「……そうですか。勝手なことを、と言われるのかなって心配しました。良かったです、そう言ってもらえて」

「ショールームの片づけもだ。あの日、ここで君と話をしたあと、課に戻って驚いた。課長が出張でいないのは知っていたが、他の営業もいなかったんだな」

あのあとの二課はたまたま皆出払ってしまい、残っていたのは室生さんだけになったらしい。

「常磐葉との商談が上手くいったのは、君のフォローのお陰だな。違う課なのに、世話になった。考えを改めるよ。少なくとも君――宮原さんは俺がこれまで知っていた女性とは違うようだ」

「そんな、室生さん……」

うっ、そんな面と向かって言われると、どういう顔をすればいいのかわからなくなる。

やだ、嬉しい。本当に大したことしていないのに。

実のところ、わたしはこんなにストレートに自分の仕事に謝意を表されたことがない。

些細《ささい》といえば些細《ささい》だけど、わたしのやっていることを二課の営業は当たり前に思っている節《ふし》がある。

別に礼を言われたくてやっているわけではないが、ときどきそれが不満なこともあったのだ。

だから室生さんの言葉が嬉しい。

報《むく》われた気がしたわたしの胸に、ほわりと温かなものが広がっていく。

しかしそれは、続けられた言葉のせいで、すぐに掻《か》き消えた。

「最初は、ちょっとした冗談のつもりで女を教えろと言ったんだが、俄然《がぜん》興味が湧いた」

「は？　やっぱりあれって冗談だったんですか⁉」

なんてひどいっ‼　うすうす、そんな気もしていたが、わたしは本気で、どうしたら室生さんにわかってもらえるのか考えて、今日だって睡眠不足なのに‼

――でも待って？　室生さん、なんて続けた？

わたしは、うがっと顔を引《ひ》き攣《つ》らせかけるものの、続いた言葉に気づいて慌てた。

「きょ……、興味!?　室生さん!?」

「ああ、そろそろ時間だな。コーヒー、ありがとう」

「え？　あ……」

興味の部分をもっと詳しく訊《き》きたかったのに、彼はさらりと出ていってしまう。

確かに始業時間だ。わたしも部署に行かないといけない。

まったく、気分はジェットコースターだ。持ち上げられて落とされて、そして――

だけど、なんだろう？　気づけばさっき消えたと思った温かなものが、また胸に広がっていた。

とくんとくんと少し速まった胸の鼓動というオプションつきで……


抜かった。油断した。わたしの馬鹿。

いくら新刊が読めてないからって、次の本の発売日を忘れてどうするの。

わたしは今、昼休みを利用して会社近くにある本屋に急いでいた。

目当てのロマンス小説は三日前に発売されている。他にも買いたい本は多数。売り切れていたらどうしようと不安で、帰りまで待てるわけがなかった。

本屋まで早足で行き、店内を巡回、目当ての本を手あたり次第カゴに入れ、掘り出し物はないかと表紙をチェック。それから一般書籍を見て、インテリア、輸入雑貨や住宅関連の本など、目を引いたものをカゴに放り込む。

さすがにちょっと買いすぎかなとちらりと考えるが、本に関しては一期一会《いちごいちえ》、手にした瞬間が出会いだと思っている。やっぱりほしいと次回本屋に行っても、まだあるとは限らないのだ。

結局、ぎりぎりまで本屋にいてしまい、わたしは行き同様帰りも早足になった。本を入れた紙袋が指に食い込んで重いが、結構良い買い物ができたとホクホクだ。

ただ、お昼を食べ損ねる気配が濃厚。お店で食事をする時間はなく、わたしは先日コーヒーを買ったコンビニでお握りとプリンを買い、会社に戻った。

そして事件は思わぬところからやってくる。

営業部のフロアでエレベーターを降りたわたしは、いきなり数人の女子に行く手を塞《ふさ》がれた。

「営業三課の宮原さんですよね。話があるんです」

「何かな。わたし、これから食事するんだけど」

いったいなんの用だと、わたしは眉を顰《ひそ》めて答える。

以前は先輩に呼び出されることが稀《まれ》にあったけれど、年齢が上がってそれなりに一目置かれるようになった今は、ほとんど皆無《かいむ》になっていた。しかも彼女たちは見るからに年下だ。

そういえばこの声、朝、ロッカールームでよく室生さんの話をしている子に似ている。

まさか室生さんとの「女を教える件」がばれたの？　いやそんなはずはない。わたしは誰にも話してないし、室生さんがそういうことを吹聴するとは考えられない。

「こっちきてください」

後ろにも人の気配がして、前後左右に立たれたわたしは、そのまま脇の非常階段の陰に連れていかれた。

「いくら最年長だからって、苛《いじ》めるのはやめてくれませんか？」

「はい？　イジメ……？」

なんのこと？　まったくもって憶えがない。が、最年長……？

会社全体でいえば、わたしより年上の人は結構な人数いる。営業に限っても、一課にはわたしより二つ年上のアシスタントがいるのだ。ということは、三課限定か。

「あなたのせいで、彼女、泣いてたんですから」

「泣いてた？　誰が？」

「とぼけるんですかっ？　自分のしたことをっ」

何この子たち……。首を傾げたところで、わたしたちとは違う制服の子もいることに気づく。受付だった。彼女だけは微妙な表情をしている。

目が合うと、すまなそうに頭を下げられた。

「あなたたち、誰？」

通常、首から下げているはずのＩＤカードがなく、わたしは少し強めの口調で訊《き》く。

「わ、私たちのことはいいんですっ。謝ってください」

「よくないでしょ。いきなり人捉《つか》まえて、苛《いじ》めをやめろって言われても意味わからないし。それに謝れ？　誰に？」

「あなたって本当に恥ずかしい人ですね。何かっていうと仕事を横取りするし、邪魔するそうじゃないですかっ。そんなに評価上げたいんですか？　信じられない」

正面の女子が言い放つ。

仕事の邪魔？　なんの話だ、おい？

その言い様《よう》、口振り、これって面倒くさいやつだ。

わたしは、受付の子と正面の女子と他二名を順番に見ていき、「ああ」と溜め息をつく。

どうやらうちの問題児のご友人らしい。受付女子は、伊津さんの愚痴《ぐち》を聞かされたという同期なのだろう。

「私たちはあなたが非を認めて謝ってくれたら、それで良いんです。大ごとにする気はありませんから」

「謝れと言われても――」

大ごとにするとかしないとか、わたし、謝るようなことはしていないと思う。でも自分こそ正義と詰め寄ってくるこの子たちには通じなかった。

困ったな。どうやって切り抜けよう？

「だったら!!　これ返してほしかったら謝ってください!!」

「え？」

いきなり伸びてきた手が、わたしが提《さ》げていた紙袋をつかむ。

それ、ますます変でしょ？　謝らせるためにこっちのものに手を出すって。

しかし、袋の中身は本だ。ソフトカバーとはいえ単行本が三冊、文庫本が五冊、英国調インテリアを特集した写真雑誌はマガジンサイズ。輸入家具と雑貨の本は背表紙のしっかりしたもので、住宅の本は分厚い。そう簡単に奪えるような重量じゃない。

少し揉み合い、「あっ」と思ったときには袋は手の部分からビリリと破れ、周囲に本が散乱した。紙袋と一緒に手に提《さ》げていたコンビニの袋も、同じようにわたしの手を離れ、ひゅんと階段下へ飛んでいく。

「ちょっと、何するのよ!!」

驚いたわたしは慌てて屈み、本を拾い集めた。お握りよりも本だ。買ったばかりの、どれも大切なもの。

「へえー、宮原さんって、こういう本読むんですかあ?」

言い方に侮蔑《ぶべつ》がこもっていた。

見ると、彼女が手にしているのは、ロマンス小説の今月の新刊。表紙はキラキラ感たっぷりで、男女がうっとりと抱き合うイラストが飾る情熱的なものだ。他の本も大差なく、そんな表紙だった。

レジでカバーをかけてもらったが、散乱したはずみで外れたようだ。

「こんな本読んでるなんて欲求不満ですか? カバー外れちゃって残念でしたね。読んでるの知られたくないから、かけてもらったんでしょうけど」

彼女は勝ち誇ったように言う。

カバーは純粋に汚れ防止だ。読んでいるときに手汗で汚したくない。

その生意気な口を閉じさせる何かを言い返してやりたいが、まずは本が先だ。

「……せっかくマナーハウス特集だったのに」

階段の途中に落ちたインテリア雑誌を拾い上げたわたしは、ぼそりと呟《つぶや》く。表紙が折れ曲がっている。ロマンス小説だけじゃない、この本は今日の掘り出し物だったのに。

「さっさと謝らないから、こういうことになるんですよ」

「はあ？　あなた本気でそれ言ってるの？　人の本駄目にしておいて？」

「ほ、本なんてまた買えばいいじゃないですか」

「それ、本気で言ってる？」

正義女子を見上げたわたしは、一睨《ひとにら》みして同じことを繰り返した。

女子が目もとを痙攣《けいれん》させるが、知ったことか。これ以上何か言われたら、暴れ出してしまいそうだ。

「〈木造住宅自然素材の家〉か。この雑誌は会社でも定期購読しているが、宮原さんは自分でも買ってるんだな」

不意に聞き憶えのある声がして、わたしは階下に目をやる。

「それから輸入家具に雑貨の特集誌、それとこれもか？」

「はい――ありがとうございます」

下から階段を上がってきた室生さんが、散乱した本とコンビニの袋を拾い集めて渡してくれた。

それを受け取ったわたしは素直に礼を言う。その中にはロマンス小説も入っていた。

「む、ろ……お、さん……どうしてこんなところに……」

蚊の鳴くような声に、わたしは声の主を見る。

さっきまでの威勢はどこに行ったのか、正義女子は困惑した顔をしていた。毎朝あれだけ噂話をしている憧れの人が目の前に現れて、驚いているのだろう。

「ここは営業部のフロアだが？　昼休みはそろそろ終わるのに、まだ用があるのか？」

眉間の皺《しわ》が深い。室生さんの超絶クールは絶好調のようだ。

「だ、だって……その人が……謝らないから……」

「あ？　彼女がどうしたって？　いい加減解散してくれないかと下で待っていたが、一向に去る気配がないし、そのうち本が飛んでくるし」

え？　ということは、もしかして下で話を聞いていたの？

それを立ち聞きと言うのではないだろうか？　いつかのわたしみたいに。

「欲求不満とか聞こえたが、本を見ただけで内容がわかるということは、君もこの本に何が書かれているのか知っているということだな」

室生さんは抑揚のない淡々とした声で言い、階段を上りきると正義女子の手から本を取り上げた。

わたしは、その光景を見ながら、心配になってくる。

そんなに近づいて大丈夫なの？　その子、結構、化粧濃い――

案の定、室生さんは口を手で押さえると、思いきり顔を顰《しか》めた。

ああ、ほら。わたしにはわからなかったにおいでも、室生さんは気づいてしまうのだ。

早く離れるよう言わなければ、とわたしが階段を上がりかけたとき、受付女子がその彼女の制服を引っ張る。

「もう行こう。失礼よ。部署は違うけど先輩だし」

「でも、おかしいじゃない。先輩なら何してもいいってこと？」

「宮原さん、そんな人じゃないから——すみませんでした」

受付女子が正義女子の腕を引っ張っていく。見ていただけの女子もそれに続いた。

残ったのは、室生さんとわたしだ。

「——なんだったんだ？」

「さあ？」

そうとしか言えない。

想像するに、先日の件を恨みに思った伊津さんがあれこれぶちまけ、話を聞いて憤《いきどお》った友人たちが謝罪を求めてきたって感じ？　そのわりには伊津さん本人の姿がなかったけれど。

室生さんによると、彼女たちは総務部だという話だ。

「で、それは少女マンガなのか？」

「あ……これは……なんと言うか……ま、そんなものです」

どうやら室生さんは中を見ていないらしかった。ページをめくればすぐに小説と知れるけれど、表紙のイラストからマンガだと思ったのだろう。

買った本をすべて回収したわたしは、それを胸に抱える。

「別にどんな本読んでたって、人にとやかく言われる筋合いはないと思うがな」

「もしかして、慰《なぐさ》めてくれてます？」

「さあ？　どうかな」

室生さんがふっと笑みを浮かべる。こういう状況ということもあって、わたしはついドキリとした。

「そのコンビニの袋は？」

「お握りなんです。昼休みにちょっと本屋行ってたものだから、食事行けなくて――あ、駄目だ。プリンがひっくり返って中身出ちゃってる」

袋の中を覗くと、飛んでいったショックでか、悲惨なことにお握りが潰れてプリンまみれになっていた。でも包装を外せば、お握りは食べられそうだ。

それよりも気になっていた室生さんの体調を訊《き》いてみる。

「……あの、あれ、大丈夫です？」

「ああ。問題ない」

「そうですか。で、どうして下にいたんですか？」

「俺は極力エレベーターを使わないことにしている。あんな狭い空間だぞ？」

室生さんがちらりとわたしを見る。

「ああ……やっぱり面倒くさいですね、あれって」

いったいなんの会話をしているのやら。あれがあれであれなのだ。でも通じている。

なんだか変な感じがするけれど、楽しい。わたしはいつの間にか、室生さんに身構えることなく普通に話せるようになっていた。


昼休みのことは思い出さないように胸にしまい、午後からの業務をこなしていたわたしを、突然、電話を終えた課長が呼んだ。

「宮原さん、至急窓の資料を作ってくれ」

「窓……ですか？　あの、課長？」

わたしは何ごとかと訊《き》き返《かえ》す。

窓？　いきなりなんなの？

すると課長は疲れた表情をして、机に広げていた日程表をわたしに見せた。

「来週から、江原邸のリフォームに入るんだが、依頼した施工会社が、施工日程の見直しを申し入れてきた」

「はい？」

話を聞いて、わたしは言葉に詰まる。

何それ、こんな土壇場《どたんば》で？　だって今日はもう週の半ばの水曜日。施工は月曜からであと五日しかない。

「キッチンの飾り窓の品番を間違えて発注してしまったそうだ。急いで注文を入れ直したんだが在庫がなく、入荷は一カ月後という話だ」

それは以前商談のときに持っていったカタログから選んだものだった。新しくシリーズが出たこともあり、確かわたし自身がカタログの番号を併記して注文書を作った記憶がある。

それを？　間違えた？

「そんな……、一カ月ですか」

これではどうあっても間に合わない。それを待っての施工となると、他の工程にも影響が出てくるのは必至。それでどれだけ損害が発生するか、想像はたやすい。

「まずは江原様に謝罪に伺う。そのときに窓を選び直してもらうつもりだ。施工会社からも部長がくることになった」

事情はわかった。けれど、そこですぐに選んでもらえるものだろうか。何もなしで行くよりは良いに決まっているけど。

「あの……、当初の窓を持っている会社はないんですか？」

施工会社もやれることはすべてやっているだろう。そうは思うが、訊《き》かずにいられない。

「人気のシリーズだし、その線は薄いな。江原夫人も大そう気に入ってくれていたんだが、ないものは仕方がない。急遽代わりを探さないといけないんだ」

「わかりました。資料、いつまでに用意すればいいですか？」

「明日の朝までに頼む。江原様宅に伺うのは午後だ」

「はい」

打つ手なしか。懇意にしてくれている顧客だからこそ、こういうときは誠意をもって当たらなければ。

わたしは頭の中に飾り窓の資料を思い浮かべる。だがすぐに思いつくものはなかった。前のものと似た雰囲気であることに加え、すぐに手配できるものという条件がつくのだ。これが一番ネックだった。メーカーの状況を確認しておく必要がある。

うちの資材部に確認しながら資料を作るしかない。明日の朝までと言うなら、今日は残業だ。

誰かに手伝ってもらいたいところだけれど、他の人も手いっぱいなのは朝の打ち合わせで承知していた。せいぜい今わたしがやっている仕事を多少お願いできる程度だ。まだ締め日間際でなかったことを良しとしよう。

「こんな頭で良ければいくらでも下げるが、窓が変更となると問題は図面だな。施工図のその部分の引き直しもありえる」

早速資料作り、と行きかけたところにぼやくように言う課長の声が聞こえた。

「施工会社側でやってもらえないんですか？」

わたしはつい訊《き》いてしまう。予定していたものと違う品が入るとなれば、当然施工図の見直しをしなければならない。施工図は設計図。それを見て現場の職人が作業する仕様書なのだから。

「ああ、施工図を外注でやっているから、今日明日の話では無理だそうだ。うちの設計部にも訊《き》いたが似たような状況だった。急な仕事の入る余地はないそうだ。ともかく時間がない。……まずは代替品の資料を頼む」

「はい」

予定通りに施工に入るとなると、残された時間は僅《わず》か。自分ができる限りのことをするしかない。

席に戻ったわたしは、当初の飾り窓を確認するため、設計部で作成した江原邸リフォームのデータをパソコン上に呼び出した。

で？　この窓に代わるもの。それを探す？　時間なさすぎでしょ——

提案されていたのは、防犯、防音、そして断熱、機能は最上で、なおかつ「暮らしを豊かに」をテーマにした、モダンなデザインのものだ。

代替品となりそうなものはあることはあるが、ここ数日のうちに納品できるものとなると話が変わってくる。

それも、窓の下に同じシリーズのカウンター棚を設置するのだ。窓が予定と違うものになれば、統一感が微妙になってしまうのも悩みどころ。

どうしたものかと、知らず溜め息が零《こぼ》れる。

「これくらいかなあ」

提案する代替品の資料をまとめたわたしは、納期と価格の確認のためメーカーに連絡をするのだった。

わたしは、江原様宅に謝罪に行っている課長からの連絡を待っていた。どういう結果になるのか、気になって仕方がない。

それに窓が決まったら施工図の見直しがある。課長はどうするつもりなのだろう。この件については、あれから何も聞いていない。

わたしも、設計部にいる後輩にそれとなく様子を訊《き》いたが、室生さんが請け負ったマンションの内装のカスタマイズ対応で、あと二週間くらいは手が空かないという話だ。外注に頼むにも、時間がなかった。

それにしても課長から電話が一向にない。いったいどうなってしまうのだろうと落ち着かないまま終業時間近くになって、ようやく連絡が入った。

『宮原さん、ちょっと第五会議室まできてくれ』

「会議室ですね。わかりました、すぐに行きます」

受話器を置いたとき、わたしは「あれ?」と、思った。今の電話は外線ではなく内線だったのだ。両者は呼び出し音が違うから区別がつく。

(戻ってきてたの、課長……)

帰社しているなら、そう連絡がほしいところなのに。

ともかく、言われたように会議室に行くかと、わたしは周囲に行き先を言って席を立った。

でも——?　第五会議室?

それは、ここの上階、設計部のフロアにある会議室だ。部屋としてはそれほど大きくはなく、課内ミーティングに使われる。

そこで何をするのだろうと不思議に思いつつも、会議室に着いたわたしはドアをノックして中に入る。

部屋には、うちの三課課長は当然ながら、設計部一課の課長補佐もいた。

なぜかパソコンが運びこまれている。それもわたしたちが部署で使っているものよりもディスプレイが大きい。設計部で使っているもののようだ。

さらには、会議用の長机の上に大きな用紙が広げられていた。状況からして江原邸の施工図だろう。

「窓は決まったよ。宮原さんが推してくれたYSシリーズの、これだ」

課長が見せてくれたのは、旧カタログに掲載されていた飾り窓だった。

当初のものと幅は同じでも、高さが低い。イメージからいくとこれが一番の候補だったが、大きさが違うので、元の窓と同じサイズの、オーソドックスなものも選んでおいたのに――

「あの課長、これですと、この面の仕様変更が……」

言うまでもなく課長はわかっていると思う。だからここ、設計部のフロアにいるのだろう。仕事の合間にやってもらうよう、強引に捻《ね》じ込んだのかもしれない。

肝心の窓は一緒に行っていた施工会社の部長が責任を持って手配するということで話がついたようだ。

「それなんだが、一人図面が引ける人間がいたことを思い出して頼んだ」

課長、そんなに誇らしげに、誰に頼んだと？

そのとき、部屋がノックされる。そして現れたのは、室生さんだった。すたすたと入ってくると、わたしをちらりと見て横に並び立つ。

「室生さん……？」

どうして――、って、もしかして⁉　彼に⁉

そうだ、確か室生さんは、建築士の資格を持っていた‼

「悪いね、忙しいのに頼んで」

「いえ。今なら締め日前で、少し時間に余裕がありますから」

「一級建築士だそうだね。設計部にこないか？　それだけの資格があるなら、ぜひきてもらいたいね。人事部に言っておく」

「それは困るよ。彼は課が違うが、営業部になくてはならない人材だからね」

どこまで本気か冗談か、話をする課長と課長補佐を前にして、室生さんが曖昧《あいまい》な表情になる。

言われてみれば、営業よりも設計部のほうが彼の能力が生かせるんじゃないのかとわたしも思う。

だって、一級、よね？　建築士。海外留学もしているって話だし。

それほどのキャリアを持つ室生さんが、どうして営業をやっているのか不思議な気がしてくる。

「よく頼みましたね。同じ営業でも課が違えばライバルではないんですか？」

「逆に、同じ営業だからだよ。会社の利益に繋がることだ。二課の課長も快く承諾してくれた」

課長の考えていることはわたしだって重々わかっている。無事にこの仕事を終えたいのだ。

うちが依頼した施工会社の資材手配ミスなんて、下手をしたら長年の信頼失墜《しっつい》に発展しかねない。

窓の変更だけで日程を変えることなく施工に入るためには、速《すみ》やかに施工図の修正を済ませなければならなかった。

「始めても構いませんか？　――これを使えばいいんですね」

室生さんがパソコンに近づき前に座ると起動させた。

「今使えるパソコンがそれしかなくて。少し処理能力が落ちるんだが、ソフトを動かすのに差《さ》し支《つか》えはないから。それとうちで使ってるＣＡＤ《キャド》だが、わかるかい？」

設計部の課長補佐が室生さんに訊《き》く。

「ええ、大丈夫です。前の会社で使っていたソフトと同じようですし」

室生さんは立ち上がったパソコンの操作を始めた。ＩＤナンバーを入力してＣＡＤ《キャド》ソフトを起動させる。これで図面に誰がかかわったか、履歴が残るのだ。

「頼もしいね。やっぱり設計部に……」

「いや、彼は駄目だから。――宮原さん、この会議室は今日明日三課が使用許可を取ってある。室生君を手伝って施工図の変更を頼む」

課長が課長補佐にそれ以上は言わせないとばかりに言葉を被せて、わたしに仕事の指示をした。

「はい」

そうして「あとは任せた」と会議室を出ていく。うちの課長と設計部一課の課長補佐を見送ったわたしは、室生さんに向き直った。

彼は立ち上がって、机の上に置いた江原邸の施工図を丹念に見ていた。

その横顔は、営業部にいるときとは違って、なんだか楽しそう？　満足げ？　――うう、室生さんの今の表情にぴったりくる上手い言葉が出てこない。

「どうした？　そんなにじっと見て。俺が三課の仕事を引き受けたらおかしいか？」

「はい。あ、いいえっ！」

自分がじっと彼を見詰めていたことに気づいたわたしは、焦るあまりつい口を滑らせる。すぐに否定したけど誤魔化されてはくれなさそうだ。

「はい？　いいえ？　どっちだ？」

「すみません」

そんな意地悪な訊《き》き方しないでほしい。「はい」と答えてしまったのは失言だったと認めるから。

でも、うちの課長がどういう頼み方をしたのかわからないが、営業のエースにこんなことを頼んでいいのかなとは考えてしまう。

室生さん、忙しいのにどうしてうちの仕事を手伝ってくれる気になったんだろう。二課の課長の許可も得ているとうちの課長は言っていたけれど……

「宮原さんって、もっとクールなのかと思っていたよ。だが話してるとちょいちょい思ってることが顔に出るんだな」

「えっ」

やだ、顔に出てた――……

思わずわたしは、頬を両手で押さえる。

「あくびも見事だったしな」

「うわっ!!　それ今すぐ脳内から消して!!」

意地悪。それくらい見逃《みのが》してよ。

半ば叫んだわたしは、頬に当てた手をすっと移動させて、顔全体を覆う。

これは恥ずかしすぎる。自分の油断が招いたことだけど、なかったことにしたい。

でも考えてみると、あそこであくびが出たのは寝不足だったからだ。その原因を作ったのは、室生さんじゃないの!!

何か言い返したい。一発逆転みたいなの。でも、思いつかない。

「お？　耳まで赤くなってる」

すぐ近くで室生さんの声が聞こえ、わたしは手の隙間から様子を窺《うかが》った。

「なっ!!　なっ!!　むろ――っ」

嘘っ!?　近いっ!!　いつの間にこんな近く!!　どこに顔くっつけてくれるの!!　そこ、わたしの耳!!　てか、うなじ!!　いったい何が起きてるの!?

パニックになったわたしは、言い返せる状況じゃない。

「宮原さん、本当に化粧してるのか？」

「し、してますよ!?　もうすぐ終業時間なので、だいぶ落ちちゃってますけど」

「そうだな。化粧品のにおい、微《かす》かだがしてるし」

「――っ!!」

あがが――、やめて、よして、頼むから!!　そこで、くんと鼻を近づけないで――っ!!

「どうした？　震えてるが」

何、澄まして言ってるの⁉　この間いきなり抱き締めてきたことにも吃驚仰天《びっくりぎょうてん》だったけど、今日のこれだって驚天動地《きょうてんどうち》だ。こんなことされて、驚かないほうがおかしいでしょ。絶対。

それとも、わたしの感覚が間違ってる？

ああ、もう。落ち着け、わたし。こんなことしている場合か。ちゃっちゃと仕事にかかってもらわねば。明日の金曜日中には仕上げてもらわないと、予定通りに施工に入れない。

「あ、あの――っ、へ、へ、へんこー、箇所、なんですがっ‼」

なんで、声が裏返るの‼　うう、自分の対男性スキルの低さが恨めしい。経験さえあれば、こんなにも狼狽《うろた》えないはずなのに。

室生さんを前にするとどうも調子がくるう。

「あ、ああ。変更箇所は三課の課長から聞いているから――くくっ」

「へ？」

突然喉《のど》を鳴らして口もとに手をやった室生さんを、わたしは見上げる。

笑ってる？

どうして？　ここ笑うところなの？

「昨日も思ったが、宮原さんって、構いたくなるタイプなんだな」

「は？　はい？」

構いたく……？　わたしを？　そんなこと初めて言われたわよ⁉

「澄ましている顔が、ころころ変わって楽しい」

ええっ⁉　ちょっと待て‼　人で遊んでる？　まさか室生さん、アレルギーによるストレスを発散しようと考えているんじゃ――⁉

「室生さん？　わたしをなんだと思ってるんですか⁉」

「ほら、また変わる」

変わるって言われても――

いやここは落ち着け。落ち着くんだ。このまま感情に任せて口を開いたら、いつぞやと同じだ。だから落ち着け‼

わたしは俯《うつむ》く。笑いをこらえる室生さんの顔を見ないためだったのか、より赤くなってしまった自分の顔を見られないようにするためだったのか、よくわからないけど深呼吸だ。深く吸って吐いて……

「――修正はそんなに難しい話ではないから、今日中にやってしまうよ」

室生さんは、前の会社で、図面を引いていたし、修正もよくやっていたから問題はないと話す。

「今日中？　でも、時間が……」

あと何分？　もう終業になってしまうのだけど。

「君は時間がきたら帰っていい。仕上げておくから」

「いえ。わたしに手伝えることがあればやります」

そう言われても、課長に手伝うように言われたし、自分の課の仕事を頼んでおいて先に帰るわけにはいかない。とはいえ、何ができるんだろう。

「手伝えることか。なら頼んでも良いか？　俺の机の上に未処理の伝票があるから、それの入力を頼みたいんだ」

「え、ああ、伝票入力ですか？　それなら！　あ、でもわたしがして構わないんですか？」

伝票入力などの基本業務は二課も三課も同じだ。だから課が違うわたしでもできる——のだけど。わたしがしたら越権行為にならない？　あ、そうすると、こっちのほうが越権もいいところか。二課の課長の承諾は取ってあるみたいだけど。

「構わないが？　いつも終業後やってるから、入力してくれたら助かる」

ならいいか。今日はうちの仕事をやってもらう代わりに、室生さんの仕事を手伝うということで。

「わかりました。では営業部に戻って伝票の入力してきますね」

「宮原さん、少しは俺を見直した？」

「はい？　室生さんをですか？」

見直すって、何……？　エースを見直すって、わたし知らないうちにそう思わせてしまうようなこと、何かやらかしてたの？

「朝に給湯室で会ったとき、俺が気難しいって、人間性に問題があるみたいに言われたからな。あれは地味にこたえた」

うわっ、それか!!　そういう言い方をしたつもりはないけど、そうなるのか。それはすまないことを。

「すみません、余計なことを言ってしまいました」

「周囲がどう思おうと気にするタチではないが、少し良いカッコしておくのも悪くないと思ってね」

気にしてないんかいっ!!

だったらどうして？　三課の仕事を手伝ってくれることが良いカッコ？

お陰で助かるわけだけど……

「で？　見直した？」

「はい。室生さんのお陰で日程に変更なく江原邸のリフォームに取りかかれます」

ここは素直に謝意を伝える。

「それだけか？」

「え？」

それだけと言われても……？　わたしは首を傾げて室生さんを見る。

今の距離は、一メートル強。良かった、離れてくれていた。わたしも焦らずに普通の態度で済む。

「いや、なんでもない。伝票入力は、宮原さんのスピードだと三十分もかからないと思う」

わたしのスピード？　もしかしてこれまでも見てくれてたの？

「わかりました」

返事をしたときはもう、室生さんはパソコンに向かっていた。彼の邪魔をしないように、そっと部屋を出る。

ドアを閉めるとき、振り返って室生さんを見た。真剣な表情で画面を見詰める横顔がカッコ良い。

どうしてそこでカッコ良いなんて——

いつもならそう突っ込みを入れるところだけれど、自然にすっと胸に浮かんだのだ。

なんだか話すたび、室生さんの印象が変わっていく気がする。

初めに抱いていた気難しげで無愛想なイメージが、今は薄れていた。総務の女子に絡まれたときだって、庇《かば》ってくれて……

あなたはあとどれだけ顔を持ってるの？　もっと見たい。もっと知りたい。

——っ‼　わたしったら何考えてっ‼

ああ、もう‼　今はわたしができること。わたしがやれることをしよう。

わたしは、室生さんの様々な顔が気になってしまう自分に困惑しながら、急いで営業部に戻るのだった。

江原邸のリフォームが予定通り施工に入り、慌ただしく過ぎたここ一週間。ようやく落ち着きを見せたかなと思う頃、事件がまた起きた。

「これ、皆さんで食べてください」

そう言って、有休を取って旅行していた二課のアシスタントが、ヨーロッパ土産《みやげ》だという菓子を三課のわたしたちにくれたのだった。

課内で土産《みやげ》を配るのは珍しいことではないし、隣の課にお裾分けをもらうこともままあること。ありがたく受け取った。

「これ配ってくれる？」

わたしは小休憩時間を待って、いただいた菓子を配るよう後輩に頼む。載せる小皿がないので、紙ナプキンで代用だ。

「何これ」

「隣の課からいただいたヨーロッパ土産《みやげ》のクッキーです」

「へー」

菓子を受け取った山口が、それを摘《つま》んで口に入れる。

その光景は隣の二課も同様で、向こうは土産《みやげ》を買ってきた当人が配っていた。

「宮原さん、どうぞ」

「ありがと」

後輩から受け取ったわたしは、さっそくそのクッキーをいただく。が、一つ頬張って唸《うな》った。

「名物に美味いものなし」ということわざに、これもしっかり当て嵌《は》まっている。

せっかくのお土産《みやげ》、できれば美味《おい》しくいただきたいのに。食べられないことはないが、香りがきつくてどちらかというなら遠慮したい代物《しろもの》だ。

箱の蓋《ふた》を開けたときから駄目そうな予感はあった。明らかに人工香料。フローラル。花の香りなら良いんだけど、わたしにとっては「花の香りがする柔軟剤」が浮かんでくる。

その上、甘い。甘すぎる。甘いものは好きだけど、においがそれなら、これも人工甘味料かなと考えてしまう。

後輩を見ると、伊津さんも含め、皆普通に食べていた。

これがジェネレーションギャップなの？　若い子って、こういうの平気なの？　味覚についていけない。

わたしは向かいの席の山口を見る。山口は同期で同い年……なのだけど!!

「へえ、面白い味だな」

えー、食べてる？　てことは年関係ない？

どうも口が受けつけないのは、わたしだけのようだ。

そんなに食に拘《こだわ》る生活をしているわけじゃないのに。作るのが面倒って理由で、スーパーやコンビニの総菜を利用するし。それでも、これは無理。駄目なやつ。

そう思ったそのとき、連想ゲームのように室生さんのことが脳内にぱっと浮かんだ。

これって、まさか!?

隣の課を見ると、ちょうど室生さんがその土産《みやげ》を持ってきた女子に食べてくれと詰め寄られている。

(なんで今日はいるの？　いつもこの時間、いないのに)

いたから、こうなる。彼女はただの同僚としての厚意、善意で土産《みやげ》を配っているだけ――ならいいが、それに託《かこつ》けて、アピールしようとしているようにも見えた。それがなんだか、とても腹立たしく感じてしまい……

気づくとわたしは、勢いよく立ち上がり、二人の間に割って入っていた。

「室生さん、袖口のボタン」

「ボタン?」

突然のことに面食らってか、室生さんが目を見開く。すぐにいつもの不機嫌そうな表情に戻ったものの、僅《わず》かに口もとを緩ませる。

「ちょ、宮原さん!? いきなり何するんですか!?」

わたしの行動に驚いたのは、その菓子を手にしていた女子も同じだ。こちらは、あからさまにムッとしている。

「ボタンが取れかけてます」

わたしは女子に背を向けたまま、室生さんに言った。

これって大丈夫なの?

他に気を逸《そ》らせるようなことを思いつかなかったのか、と自分が悲しくなる。

でも、間に立ってよくわかった。この土産《みやげ》女子がどれだけ芳《かぐわ》しく香水のにおいをさせて、発色のいい化粧品を使っているか。休憩時間になる前に席を立っていたから、おそらく化粧直しをしたのだろう。

「それ、今じゃないといけないんですか?」

後ろから苛立たしげな声が浴びせられた。同じことをされたら、きっとわたしもそう思ったに違いない。しかしここで、引いてはいけない。引くくらいなら最初からするな、だ。

わたしは構わず続ける。

「このあと商談に行かれるんでしょ？」

ここまで言うと室生さんもわたしの意図に気づいてくれた。

「ああ。ボタンが取れかけたまま、商談は先方に失礼だな。――頼めるか？」

「すぐにつけ直します。上着、預からせてくださいね」

「あ、ああ。じゃあ、頼む」

するりと彼は着ている上着を脱ぐと、わたしに渡してくれた。袖は内側に入れてボタンが人目につかないようにする念の入れようで。

もちろん、ボタンが取れかけているなんて嘘。だいたい室生さんに限ってそんなこと、あるわけない。

「ショールームにいるから。できたら呼んでくれ」

「はい」

そうして室生さんは営業部をあとにした。

二課のアシスタントが何か言っていたけど、わたしは受け取った上着を抱えて自分の席に戻る。

やってしまった感で、心臓が忙しく脈打ち胃の辺りがきりきり痛んでいた。

でも今さら投げ出すことはできない。

気合を入れるように頷いたわたしは、私物を入れている机の引き出しからソーイングセットを取り出すのだった。

【4】


働く者がしばしの休息を迎える週末前夜。

市街地を離れた閑静《かんせい》な住宅街の「一度は行きたい高級レストラン」と評判のリストランテ。わたしは借りてきた猫のように取り澄ましつつ、ドキドキと高鳴る胸の鼓動を落ち着けようと浅い呼吸を繰り返していた。

目の前には、オマール海老《えび》のグリル、クリームソース添えがある。今夜のメインディッシュで、半身に割った海老《えび》をオーブンで焼き上げ特製ソースをかけたものだ。

赤い殻と対比する白い身にバーナーで焙《あぶ》って仕上げた焼き目がほんのりつき、プリッとした食感が見た目からも伝わってくる。それに旬の香味野菜とプチトマトが添えられて彩《いろど》りも美しい。

ああ、なんて美味《おい》しそう——と食欲をガンガンに刺激されているが、本能で湧いてくる生唾を嚥《えん》下《げ》しながらも、今ひとつ食事に集中しきれない。

理由は明快、向かいに座る男——室生圭佑のせいだ。

「今日はやけに大人しいな。いつもの威勢はどうしたんだ？」

指摘通り、口数が普段の五割を切っているのは自分でもわかっている。

いろいろ考えごとをしすぎていて反応ができていないだけだけれど、このお店の雰囲気では普段のようにポンポン言い合うようには話せない。だから借りてきた猫は維持し続ける。

「室生さんだって、あまり話をされないじゃないですか。わたし相手ではつまらないのでは？」

「まさか。君に興味津々《きょうみしんしん》で、どうやってもっと親しくなろうか考えてる」

「な、何言ってるんですかっ⁉　し、親しくって……」

からかうのはやめてほしい。

声を抑えて澄ましたまま受け答えしようとしたのだが、室生さんがまたも笑みを浮かべるせいで、息を詰めてしまう。

どうしてこうなったたって、それは二日前、水曜日のことだった。室生さんがわたしに、擦《す》れ違いざま「海老《えび》は食べられるか？」と訊《き》いてきたのだ。わたしは「好き嫌いはないです」と気軽に返した。

このとき、会社の近くに新鮮な魚介類を食べさせてくれる居酒屋があるので、そこに誘ってくれる気かなと想像力逞《たくま》しく思ったことは、否定しない。

でもそれが、ドレスコードのあるお店だとは――

ここにはタクシーできた。とても会社帰りにひょいと行くような店ではないからだ。そっと周囲を見回してもそれを充分感じる。店の調度品しかり、他の客の様相しかり。

正直、不相応。

とはいえ、この年になればそれなりのドレスは持っているし、誘われたときも慌てることはなかった。友人知人の結婚式に合わせて購入したもの、というのが切なかったくらいだ。

むしろ金曜日の夜だというのにプライベートの予定がなく、都合がついてしまう現実に打ちひしがれそうになっている。

というわけで、今日のわたしはいつになくフェミニンなブラウスにスーツのセットアップで出社した。就業中は制服があるから誰にも気づかれずに済む。会社を出るときパールのイヤリングとネックレスを装着して、ハイヒールパンプスに履き替えた。これで結婚式の二次会にバッチリ、このままお見合いにもいけそうな装《よそお》いの完成だ。

「まずは食べろ。手をつけないとシェフが気にする」

言われてみればそうだ。いつまでも料理を眺《なが》めていては、店側に何か問題でもあったのかと心配させてしまう。

「——はい」

わたしはおもむろにカトラリーを手にして、一口大に切り分けた海老《えび》の身にソースを絡めて口に運ぶ。

「どうだ、海老《えび》。口に合うか?」

「ええ、プリプリで甘い——」

海老《えび》は見た目通りの食感で、わたしは舌鼓《したつづみ》を打つ。すると室生さんが満足そうに頷いて、柔らかな笑みを浮かべた。

そんな顔に、ドキリとしてしまう。

室生さんがカッコ良いのはもう充分わかっているつもりだ。でもこれはちょっと反則ではないか？　会社での顰《しか》めっ面《つら》はどうしたと言いたい。眉間の皺《しわ》がほぼないってどうなの？　皺《しわ》を作ることも忘れるほど、海老《えび》が美味《おい》しいって？　――本当に美味《おい》しいけど……

このままでは、自分は彼にとって特別なんだと勘違いしてしまいそうだ。

室生さんが、人工香料、主に化粧品系のにおいでアレルギー症状が出ると知ったのは、三週間ほど前だ。

アレルゲンの近くに寄っただけで気分が悪くなるとか、くしゃみ鼻水が出るとか。話を聞いて、それはまた面倒なことだと気の毒に思っている。

だいたい会社に勤める以上、化粧品なんて普通に遭遇するだろう。だって、たいていの女子社員は身だしなみとして化粧をしている。これは取り引き先、顧客にも言えることだ。

女性が苦手というのは、そういう事情のせいかと合点《がてん》はいった。

ただ、彼女がいないというのは、少々首を傾げる。

一緒にいるときは化粧をしないでもらえば済む話だ。彼女にしてみれば、「彼氏の前では美しくありたい」という女心もあるだろうが、その彼がアレルギー症状で苦しんでいるのなら、応えてあげればいいじゃない。

まあでも、室生さん自身が、男のプライドなのかなんなのか、アレルギーがあることを秘密にしているみたいなので難しいかな。現にわたしは、給湯室で聞かされるまで、そんなことになっているとはまったく思いもしなかった。命にかかわるほど重篤《じゅうとく》ではないようだから、わざわざ弱味をさらすことはない、と考えているのかもしれない。

なんだかぐちゃぐちゃする頭の中を切り替えるため、わたしは今夜誘ってくれたわけを訊《たず》ねることにした。

「今夜、どうしてわたしを誘ってくれたんですか？」

「言っただろ？　先日の礼だ。はっきり言ってあれは助かったからな。君にアレルギーのことを話しておいて良かったよ」

室生さんは、ワイングラスを持つと優雅に呷《あお》った。

真似するつもりはなかったが、わたしもグラスに口をつける。シェフおすすめのコクのある白ワインの芳醇《ほうじゅん》な香りが口の中に広がり、海老《えび》と素敵にマリアージュを――なんて慣れない感想でカッコつけるまでもなく、シンプルに美味《おい》しい。

ビール党のわたしだが、たまにワインも飲む。でも普段飲むそれとはまったく違う味わいだ。これは杯を重ねてしまう。

「……あれですか。それでリストランテで食事って、大袈裟《おおげさ》すぎませんか？」

彼が言っているのは、二課の女子がヨーロッパ旅行の土産《みやげ》を配った際のことだ。

今思い返しても、我ながらなんという大胆な行動をしたのだろう。

アレルギーの話を聞いていなかったら、わたしだってそこまではしなかった。

「そうかな。俺にとってはそれくらいの気持ちなんだが。ボタンもつけ直してもらったしな」

「あれは――、室生さん、意地悪ですよ」

彼女と引き離す口実に、袖口のボタンが取れかけていると言って上着を預かり、わたしはつけ直す真似ごとをして返しただけだ。

お陰で、翌日のロッカールームでの話題は、わたしが婚期を焦るあまり恥ずかしげもなく室生さんに迫りだしたというものだった。

わたしが着替えていることをわかっていて、これ見よがしに話すのだ。タチが悪いとしか言いようがない。

もともと営業三課のウザいお局《つぼね》候補として若い子の口に上っていたわたしは、お局《つぼね》そのものにレベルアップ。退社時間を迎える頃には営業部全体で噂されるようになった。頼まれてやった二課のショールームの片づけも、下心があったと言われてしまう始末だ。

さらに次の日には会社全体の話題となっていた。営業部のエース室生さんに関する部署を越えた女子の情報ネットワークの恐ろしさを改めて知った。もう本社にとどまらず、支社や営業所にまでも広がっているかもしれない。

噂の主が退社後、こんなハイクラスでリッチなお店で、その室生さんと食事していると知られた日には、どんなことになるやら。

きっとしつこくわたしが誘って、室生さんは仕方なくつき合ったという話がでっち上げられるに違いない。噂とはたいがいそういうものだ。

室生ファンの女子社員を敵に回したわたしは、この先あることないこと、ことあるたびに言われるのだろう。

そう考えると、食事に誘われたくらいでは割りに合わないかも。

あ、でも待って？　傍《はた》からだと、これってもしかしておつき合いしているように見える？　わたしって図《はか》らずも、室生さんの彼女的ポジションを手に入れてしまった――？

いやいや、それはないか。自分の妄想のあり得なさに胸のうちで苦笑して、息を吐く。

「――ともかく俺は君に感謝の気持ちを伝えたい。他に少し確かめたいこともあるしな」

「確かめたいこと？」

なんだろうと思いながら、胸の鼓動が激しくなる。

頭の中には、給湯室でのことが浮かんでいた。手を取られた弾《はず》みで彼の唇が当たったのも、確かめさせてくれと言われて抱き締められたのも。

それから始業前の給湯室でも会った。熱くて飲めないからと、わたしが飲んでいたコーヒーで……

いずれのときも、驚きすぎて茫然《ぼうぜん》と固まってしまった。

要は慣れていないのだ。年相応に平然としている素振りを懸命にしているけれど、自分は異性に対して経験不足の未熟者だと身に沁みている。わたしの過去の恋愛なんてあとにも先にも一度きりで、ロクなものじゃなかったから。

いつまでも過去に囚《とら》われていては駄目だと思うけれど、そんなに簡単に心の傷は癒えない。恋人がほしいと願っていながら、当《あ》たり障《さわ》りのないつき合いしかできなくなっている。

それなのに、大好きなロマンス小説のヒーローを彷彿《ほうふつ》させる目の前のイケメンに、バクバクとときめいてしまいそうなんて、矛盾もいいところだ。

ぐちゃぐちゃになっている心のうちを、顔には微塵《みじん》も出さないように表情筋に頑張ってもらっているが、そろそろ限界かもしれない。

勘違いするな、身の程を弁《わきま》えろ、と抑えていても、優しげな顔を向けられると揺れてしまうのがオトメ心だ。

だって――

わたしだと彼のアレルギー症状が出ないというのだ。化粧していても。

やはり勘違いするなっていうほうが無理なんじゃ……

いや、そもそもわたし自身は、室生さんのことをどう思っているのだろう。自分の気持ちながらよくわからない。だってこれまで彼を意識したことはなかったのだ。恋愛的な意味では。

それが降ってわいたように急接近。戸惑わないわけがない。

不意に声がかけられる。

「酒、いけるんだな」

「え？　あ――」

見ると、わたしのグラスは空いていた。口当たりが良かったために、飲み干している。

「ボトルで頼めば良かったかな」

「いえっ、もう……」

片手を上げてオーダーしようとした室生さんを、わたしは慌てて止めた。

メインも終わり、残すはデザート――ドルチェのみだ。それから食後のコーヒー。コース的に、もうワインは充分だった。

「いいのか？　なら酒はこのあと行く店で飲むとするか」

「え……、このあと？」

「酒好きなら連れていきたい店があるんだ。日本酒もいけるよな？」

え、嘘。ここで終わりではないの？　まだ一緒にいられる……？

「ええ、大丈夫です」

このあとも彼がどこかへ行く気と知って、わたしの口は勝手に答えていた。

「楽しみだよ。女性と飲むなんて、ここ数年なかったからな」

「……それってアレルギーのせいですか？」

「まあな。仕方なく顰《しか》めっ面《つら》のおっさんの顔見ながら飲むんだが、味気なさすぎだ」

自分の顔でも見ながら飲んでいるのだろうか？　いやそれなら「おっさん」てことはない。

まったく、これのどこが無口でクールなんだ。会社での姿はなんなんだと言いたくなるくらい、室生さんは楽しげに話す。

おそらくはこっちが本来の姿なのだろう。それを、アレルギーが原因で、女性と距離を取っていただけだ。正確には化粧をしている女性になるけれど。

「わたしで良ければ、お供させていただきます」

微笑ましくも、ほんの少し痛ましい。だからわたしは、冗談っぽく返す。

そしてスプーンを手にし、目の前に置かれたドルチェを食べ始めた。

リストランテをあとにして、タクシーで連れていかれた店は、これも市街地からほど遠く裏道を三本ばかり入った隠《かく》れ家《が》のようなダイニングバーだった。

店名は〈ラグタイム〉と言い、室生さんはこの店に十年以上通っているそうだ。マスターとは気心知れた仲だとのことで、わたしはカウンターに案内された。

それほど広くはない店内の壁面に、ところ狭しといろんな銘柄の一升瓶が並ぶ。居酒屋と言ったほうが良いとも思うが、その日本酒を除けば、カウンター、テーブルは洒落《しゃれ》たバーという感じだ。その中で、奥にあるジュークボックスがレトロな独特の存在感を放っていた。

「お洒落《しゃれ》ですね。こういう雰囲気のお店、わたし初めてだわ」

「とかく良い酒を飲ませてくれてね。よくくるんだ」

お通しが出され、室生さんは「いつもの」と常連ならではのオーダーをする。そして……

「そうだな、彼女には――、マスター、女性が喜びそうなのって何かある？」

「そうですね」

カウンターの中から、マスターと呼ばれた気難しげな顔をした男性が答える。どうやら室生さんが言った「顰《しか》めっ面《つら》のおっさん」は、この人のことらしい。

「これなんかどうですかね。若い女性に人気なんですよ」

マスターは、奥にあるショーケースからある一升瓶を選び、わたしたちにラベルを見せてくれた。ラベルは、よくあるタイプの銘柄を太文字で書いたものではなく、綺麗な色使いの英字書きでデザインされている。それを見ただけでもターゲットが女性だとわかった。

「マスターのおすすめは間違いないから、じゃあそれを彼女に」

室生さんに頷いたマスターは、切子《きりこ》のショットグラスに注いで、わたしの前に置いた。

飲んでみて、と室生さんに促《うなが》されたわたしは、グラスをそっと持ち上げ口をつける。

「わあ、甘くてワインみたい……。あ、日本酒なんですよね」

「口当たりがフルーティで飲みやすいでしょう」

思わず出た感想に、マスターが頷く。その顔は嬉しそうで、気難しさは消えていた。

「調子に乗って飲んでしまいそう」

「そうなんだ。ちょっと俺にも飲ませて——あ、本当だ。良いね、こういうのも」

「室生さん？」

飲ませてって——

てっきりオーダーするのかと思ったのに、室生さんはわたしのグラスに手を伸ばし、一口呷《あお》った。

これってもしかして、間接キス!?

「彼女のを取っちゃ駄目でしょう。室生さんはこちらをどうぞ」

苦笑したマスターは、室生さんの前にグラスを入れた枡《ます》を置くと、溢《あふ》れんばかりに酒を注いだ。

いや、実際に酒はグラスから溢《あふ》れ、枡《ます》の縁ぎりぎりまで満たされる。

それを室生さんは、「はいはい」といたずらを窘《たしな》められた少年のような顔で、啜《すす》った。

わたしは「啜《すす》って飲むの!?」と内心驚く。

少しでも傾けると零《こぼ》れてしまうほど注がれた酒を飲むなら、そうするしかない。その飲み方は妙に決まっていて、自分が口をつけたグラスで飲まれたというインパクトが尾を引いたままのわたしは、室生さんに見惚《みと》れた。イケメンは、何をやっても様《さま》になってしまうようだ。

「飲んでみるか？」

「えっと」

見ていたから、飲みたいと思われたのか。

でもどうしよう？　このまま室生さんのを飲んだら、わたしも間接キス……

「あ、すまない。これでは飲み難《にく》いな」

そう言って室生さんは、枡《ます》からグラスを持ち上げ、出されていたお絞りで酒に濡れた周囲を拭《ぬぐ》い、わたしの前に置いた。

これなら普通に飲むことができるけれど、躊躇《ちゅうちょ》したのはそれが理由ではないので、なんだか申し訳ない。

「そういえば、珍しいよね。室生さんがここに人を連れてくるのは」

「まあ、彼女はちょっとね」

横で交わされている会話を耳にしながら、わたしはそっと室生さんのグラスを持ち上げ一口含む。

「あら、これって辛口？　でもほんのり甘くて、すっきりした感じ」

「味をわかってくれるっていいね。じゃあ、これも飲んでみてよ。先に出したのは特別純米でね、これは純米吟醸」

「いえ、そんな。まだ先にいただいたものがありますから」

お酒の種類なんてわからない。まだ封を切っていない瓶を開けようとするマスターに驚いて、わたしは室生さんを見るが、彼は頷くだけで取りなそうとはしてくれない。

そしてまた切子《きりこ》のグラスが前に置かれた。今度のは、グラスの中に泡……？

「発泡性か。マスター、俺もこれ飲みたい」

「はい、どうぞ。それと先日ようやく手に入れた限定ものがあるんですよ。そちらもどうですか？」

「ああ、それならそれも、もらおうか」

酒によってグラスを変え、冷やから燗《かん》と飲み方を変えて、室生さんは味わいの違いを楽しんでいる。まるで飲み比べ、味比べの利き酒だ。

わたしは、フルーティな純米酒と発泡性のもの、二種類の日本酒を交互に飲みながら、マスターと酒について話す室生さんを見ていた。

今日はどれだけ彼のことを知っただろう。すべて会社では見たことがない姿だった。おそらく会社の誰も知らないプライベートの室生さん。

今それを知るのはわたしだけ――

「アレルギーってある日突然出るようになるって聞きますけど、室生さん、病院行って検査したんですか？」

いつの間にかわたしは、勧められるままこれで五杯目になるグラスを呷《あお》ってほろ酔い加減になり、会社では訊《き》けそうもないことを根掘り葉掘り質問していた。

嫌がられるかなと内心びくついているものの、酔いのせいか好奇心が抑えきれない。まずいんじゃないかと理性を集めるが、酔っ払いだから仕方がないと変なところで納得をしている。

「病院には行ってない。症状は市販薬で充分抑えられるし、原因はだいたいわかっているからな」

「わかっているって、女の人とくっついてみたんですか？」

ああ、わたし。なんてことを訊《き》いてるんだろう。

頭の隅ではヤメロと制止する声を上げているのに、どうも口がわたしのコントロール下にない。

「直球だな。……もう三年になるが、用があってデパートに行ったとき、化粧品フロアを歩いていたら、風邪もひいていないのに、いきなり頭痛がして気分が悪くなった。しまいには鼻がむずむずして。そのときはそれ以上気に留めなかったんだが、また機会があって別の日に化粧品フロアを通ると、やはり気分が悪くなる。何かのアレルギーに違いないと思った。特ににおいを嗅いだときがひどい」

室生さんは視線を遠くにやって、溜め息を交えて話す。化粧品フロアで症状が出たこともあり、化粧品を買ってみて、何に反応しているのか身をもって試《ため》したそうだ。しかしこれだというものはわからずじまいで、以後は化粧品全般、それから洗剤などはにおいのするものを避けるようにしたと話した。ゆえに、女性を避けることに。

「そうなんですね。じゃあそれ以来、女性には近寄ってないいんだ」

三年前というと、営業所にいた頃か。無口なのもクールなのも、告白してきた女性に辛辣《しんらつ》だったのも、すべてアレルギーを危惧《きぐ》してできる限り距離を取るようにしていたせいだ。

本当に大変だなと気の毒な気持ちになるのに、わたしの心は別のところにも反応する。彼が他の女性で確認してなくて良かったたって——

なんなのこれ!? 問題にするのは、そこ!?

胸に突如広がった自分の感情に、わたしは吃驚仰天《びっくりぎょうてん》する。

嫉妬《しっと》したのか。アレルギーが出てしまうほど、物理的な意味で近くにいたかもしれない女性の存在に。先日のわたしのように抱き締められた女性がいたら嫌だ、みたいな——

「どうやら君は、俺のことが気になるようだな。興味持ってくれた？ なら俺も訊《き》いても良いか？」

「はひ？ な、何を、れすか？ ——ひゃうっ」

いくらわたしだとアレルギーが出ないからって、いきなり至近距離で顔を覗き込まれてはたまらない。

わたしは息を呑むと同時に、高らかに鳴る心臓が飛び出さないように口を固く閉じた。

いや、心臓は飛び出さない。それは比喩だと冷静になろうとするが、酒も手伝って思考がまとまらないのだ。

わたしはほとんど見当たらない理性の欠片《かけら》をかろうじて探し出し、余計な言葉を吐かないように自分に命じる。

だがいつまでもつやら、わからない。ああ、もう認めよう。

ええ、興味持ってます。はい、持ちました。今日の素の姿を見て、これ以上ないってくらい気になって気になって、室生さんのことをあれこれ知りたいって思ってますよ。

本当はずっと意識していた。給湯室の件以来、いや「女を教えてほしい」と言われた日から。もしかすると「おススメの優良物件」と万由里に言われてから、いや、室生さんが営業部に異動してきたときからかもしれない。自覚がなかっただけで。

彼が眉間に皺《しわ》を刻み、不機嫌そうな顔のままなら、「ちょっと気になる隣の課の人」で踏みとどまれただろう。でも、向けられる優しげな笑みや楽しげに語る声が、わたしを鷲《わし》づかみにする。

これじゃ、気になるなんてレベルではなくて完全完璧に好き、だ。

けれど、いいの？　大丈夫？

心深く沈めていた過去の痛みが浮上して、わたしの耳もとで囁《ささや》く。

好きになるのは良いものの、この体はあれだ、散々に終わった恋のお陰で、この年までまともな男女の関係を経験したことがない。

もし、何かの間違いで、室生さんも満更でもなくて……

もし、そういうことを求められたとして……

わたしは、ちゃんとできるのだろうか、大人の女として――？

まだ室生さんとそうなるとは決まったわけではないのに、酔いの回った頭は本能に忠実に、読み込んだロマンス小説の分も上乗せして、場も弁《わきま》えず想像を巡《めぐ》らす。

室生さんの胸が広いことは抱き締められたから知っている。きっと鍛《きた》えられて逞《たくま》しいだろう。見たことないけど――

「宮原さん、顔が赤いな。酔ったのか？」

「……あはは、そうかも。なんだか、ふわふわして」

すみませんすみません、顔が赤いのは要らない妄想をしたせいです。

室生さんに指摘されたわたしは、笑みを浮かべて誤魔化すように言った。何を考えていたか知られたら、恥ずかしさで確実に死ねる。

でも気にされるのは嬉しい——なんて、何これ面倒くさい。自分の心理状態が我ながらヤバいと自覚した。

どんなときも平常心。冷静で沈着で、落ち着いていなければ。

わたしは妄想を振り払おうと、頭を振った。

ただでさえ酔っている。そんな愚行をすれば当然のようにくらりとし、当然のように体のバランスを崩して、当然のように椅子から——

「おい、瀬理奈っ」

落ちるっと思ったときには、室生さんが支えてくれていた。さらにはそのまま抱き寄せるようにして体を預けさせてくれる。

男の人ってこんなにも力強いんだ。

ちょっと心配げな慌てた顔も、ステキ。室生さんて、カッコ良い。

そういえばわたし、室生さんに名前教えたっけ——？

ああそうか。会社ではフルネームを書いたＩＤカードを首から下げている。彼が知っていても変じゃない。

「すみません、酔っぱらったようです。もう少し飲めると思ったんだけどな」

自分の馬鹿さ加減に呆れも加わり、泣きたくなってしまったわたしは、室生さんにもたれたままグラスを呷《あお》って、残っていたお酒を飲み干した。


「えっ……？」

覚醒《かくせい》は突然きた。ふっと我に返ったわたしは、辺りを見回して焦る。

目に入ったのは、見知らぬ部屋だ。

一瞬、ホテルかと思いかけたが、むしろ我が社が提案するモデルルームみたいな造り。間接照明に照らされたリビングのカウチソファに座らされていた。

フラットテレビにセットされたオーディオ機器のデジタル時計は、二十三時を回ったところだ。

（ここ、どこ⁉）

どきどきと動悸《どうき》が激しくなる中、わたしは自分の格好を確かめる。

上着、ヨシ。スカート、ヨシ。ブラウスのボタンも外れていない。多少着崩れた感はあるものの乱れてはおらず、アクセサリーもそのまま、ストッキングだってＯＫ、穿いている。

なのに？　この落ち着かない感じはなんだろう。何があった、おい、わたし？

しっかり者のできる女子社員はどうしたのか、なんだか取り返しのつかないことをやらかしてしまった気がしてたまらない。部署で飲みに行っても介抱役に勤《いそ》しむのが常だったのに。

それがまさかの「ここはどこ？」状態なんて――

「大丈夫か？　酔い醒《ざ》ましだ。飲んだら送っていくから」

（――っ!!）

やっぱりというか、ですよねというか、鼓膜に心地良い声が聞こえ、振り返るともちろん、室生圭佑がいた。

室生さんは、手にした赤い液体が入ったタンブラーグラスをわたしに差し出す。

「これは？」

「トマトジュースにはちみつを入れたものだ」

「はあ……」

お洒落《しゃれ》にレモンの輪切りまで浮かせたそのグラスを受け取ってみたものの、今ひとつ状況が呑み込めない。

（どうしてこんなことになってるの？　しかも送っていく？）

あまり生活感がないが、ここは室生さんの自宅らしい。連れてきたのはもちろん彼。送っていくと言うからには、ここで飲み直す気はなさそうだ。

彼が困惑しているのは、丸わかりだった。戸惑いを見せながらも琥珀色《こはくいろ》の液体――水割りが入ったグラスを手に、わたしの隣に腰を下ろす。

「まったく、そんなに酒癖悪かったのか？　あの状況で帰りたくないなんて言われたら、誘ってるのかと勘違いされるぞ」

「はいっ!?」

こくりとはちみつ入りトマトジュースを飲みかけたところに、問題発言を落とされる。もう少しで噴きそうになった。

なんなのこの会話。帰りたくないって、わたしが――？

どうやらわたしは相当酔っぱらっていたらしかった。

「すっかりご面倒をかけてしまったんですね」

まだ事情がよく把握できていないが、迷惑をかけたことに違いはなく、わたしは項垂《うなだ》れ謝罪する。

「……そうだな。すっかり面倒をかけられた」

「――っ」

もう、わかってるから追い詰めないで。

室生さんの言葉がずきりと胸を抉《えぐ》って、ようやくわたしはここまでの道中を思い出した。意識が飛んでいたのは、時間にすれば数分だ。

いい加減飲んで喋《しゃべ》って、お愛想して。タクシーを呼んで、送ると言う室生さんに行き先を訊《き》かれたわたしは、帰りたくないとごねたのだった。そのとき室生さんが一瞬言葉を詰まらせた記憶もよみがえる。

送るの帰りたくないのと押し問答をするわけにもいかず、彼は仕方なく、運転手さんに自分の住所を告げた。

そして着いたのが、室生さんのマンション――ここだ。

わたしは申し訳ない気持ちでいっぱいになる。さらに言うなら店でもやらかしていて、できればもう今日の件はさっくりなかったことにしたい。

思い出したくもないのに、自分のセリフが頭に浮かぶ。

『わたし、若気のイタリと言いますか……、つき合った男がサイテーで、まともな恋愛ケーケンないんですよ。笑っちゃいますよね。それからどーしてか、ずっとお独りサマで。イイ年なのになんでなんでしょうね。……魅力ないのかな』

どういう流れでそんな話をしてしまったのか。多分、室生さんに訊《たず》ねられるままに答えていたのだろうけれど、よくもまあペラペラと。

お酒のせいで多少気が緩んでいたとしても、自虐ネタなんてみっともない。室生さんは呆れたに違いなかった。

ただでさえ酔ってくだを巻かれる事案は遠慮したいだろうに、こんなアラサー女の痛い話を聞かされた日には、わたしなら引く。距離を置く。

自己嫌悪に苛《さいな》まれて酔いが醒《さ》めたわたしは、トマトジュースを一気に半分近く飲むと、前のテーブルにグラスを置いた。

「……すみませんでした。お陰で酔いもすっかり醒《さ》めましたので帰ります。タクシーを呼びますから、送ってもらわなくても大丈夫です」

これ以上室生さんに厄介な女と思われたくなかった。せっかくいろいろ話せて、楽しい時間を過ごせたのに、馬鹿なことで台無しにしたくない。

「待ってくれ」

「きゃっ」

立ち上がったわたしの腕を室生さんがつかんだ。そのまま引っ張られ、すとんと再び座ってしまう。それも狙ったように室生さんの膝の上――

わたしは驚いて、目を見開いた。すぐに膝から下りようとするが、まだ腕をつかまれたままで、できない。今日何回目の至近距離なのか、すっぽりと互いをパーソナルスペースに置いたわたしたちは、見詰め合う。

「帰さない」

呟《つぶや》きのように落とされた声。けれど、しっかり耳に届いた。

「帰さないって――、なっ、何言ってるんですか!?」

さっきは送るって言っていたのに、いったいなんの冗談? ドキッとしてしまったではないか。

これはわたしの願望が見せた妄想? 実はどこかで眠りこけていて、夢でも見てる?

いや違う。今ここで起きていることはすべて現実、リアルだ。

「今夜は送っていって終わりにするつもりだった。だがやっぱり無理だ。このまま紳士ぶって君を帰すなんてできない」

「わたしが帰りたくないって言ったから、勘違いしちゃって――とか?」

誘ってるのかと勘違いされるとかなんとかとも言った。

わたしごときに室生さんがその気になるなんて到底思えないのに……

腕をつかんでいた室生さんの手が背中に回り、さらにわたしたちの距離は近くなる。ほとんど密着だ。

「全部カッコつけただけの誤魔化しだ。本当は最初から君を帰したくないと思っていた」

「帰したくない？　最初から？」

室生さんがわたしを？

「そうだ。今夜、なんとか気をひきたくて、酒が飲めるとわかったのを幸いに、あの店に行くことにした」

「飲めなかったら、どうしたの？」

なんでもないように話すけれど、胸がどうしようもなく高鳴っている。着ている服越しでも、気づかれてしまいそうなほどだ。

「深夜までやっているスイーツの美味《おい》しい店があるから、そこかな」

「スイーツ――、それも魅力的ね」

「じゃあ、次はそこな」

顎《あご》を取られ上向きにされると、室生さんの顔が近づいてくる。

何をしようとしているのかわからないほど、わたしはうぶではないし、過去にも経験はある。だから室生さんしか見えなくなったわたしは、目を閉じた。

「んっ」

唇に柔らかなものが触れて離れる。そして、すぐにまた重なった。

されるがままに口を少しだけ開くと、上唇、下唇、ときには同時に啄《ついば》まれ、食《は》まれて舐《な》められる。

でも決して強引に歯列を割って中に押し入ってこようとはしない。噛みつきもしない。

こんな優しいキス、わたしは知らない。初めてだ。

そんなことを思った瞬間、胸がきゅんとした。やだ、なんだか泣きそう。鼻の奥がツンとしてしまう。

唇が離れ、わたしはゆっくり目を開ける。

「俺が怖いか？　キスしてる間、ずっと震えてた」

「怖い……？　——あっ」

わたしは店での会話を思い出し、急いで首を横に振る。

男性に恐怖心を持っていることまで話してしまうなんて、今夜のわたしの口は暴走しすぎだ。余計なことは喋《しゃべ》るなと、あんなに言い聞かせたのに……

「違うんです。室生さんのキスがあまりにも優しかったから。だからその……嬉しくて」

語尾が恥ずかしさで小さくなる。

「怖かったわけじゃないんだな。安心した……瀬理奈」

名を呼ばれて、わたしは「はい」と返事をする。

ダイニングバーで呼ばれたときは、思わず出てしまった感じだったので、気づいていない振りをした。

でも今は——

当たり前のように名前を口にされて、ことのほか居たたまれなさを感じる。名前呼びに慣れていないせいだ。これまで名前で呼んでくれる存在など、いなかったのだから。

気まずさを覚えたわたしは俯《うつむ》く。じっと見詰められることにも慣れていない。

「君の事情は、話を聞いてわかったつもりだ。だから、俺にすべて任せてほしい」

それは二人の関係を進めるということ。

わたし自身、好きと意識した瞬間から室生さんを求めていたし、『帰さない』と言われたときは小説のヒロインのように胸がいっぱいになった。

「……室生さんに？」

でも簡単には応えられない。上手くやれなくてなじられた初体験の記憶がわたしを臆病にしている。しかもほとんど未経験。わたしはおそらく、処女と大して変わらないだろう。これでまた同じ結果を迎えたら、もう恋なんて二度とできない。立ち直れない。

「俺では心配か？」

「そうじゃなくて……、わたし、ちゃんとできるのかなって……。本当にわたしでいいの？　室生さんだって、アレルギーが――」

自分のこともあるけれど、彼のアレルギーも気がかりだ。いくらわたしだと症状が出ないといっても、近くにいるだけとはわけが違う。

「俺は、瀬理奈だからいい」

アレルギーが出るならとっくにもう出てると、室生さんは目を細めてわたしの頬を両手で挟む。

「わたし？」

「そうだ。もし、途中でくしゃみが止まらなくなっても、瀬理奈なら本望だ」

少し冗談めかしていたけれど、彼の言葉がわたしの中の苦く凝《こ》り固まった怯《おび》えを砕いて消していく。

「じゃあ、わたしも……、圭佑さんがいい」

だから、名前呼びで返してみた。

「ありがとう。そう言ってもらえると嬉しいものだな」

別に礼を言われるほどではないのに、室生さん――圭佑さんにとっては、それほどのことだったようだ。

だったらわたしもお礼を言わなくちゃ。わたしは今、彼のお陰で新たな扉を開けようとしているのだから。あの日を卒業すべく。

頬を撫《な》でられ、唇を重ねる。二回目のキス。やはり触れるだけの優しい口づけ。

「あっ」

圭佑さんの手が緩やかにわたしの首筋を撫《な》で、それから髪に差し込まれる。

「人の髪なんて触りたいとは思わなかったが、瀬理奈の髪はいいな」

唇を離した圭佑さんは、わたしの髪に五指を絡めて梳《す》く。

「やめてください。もうぐちゃぐちゃになっちゃう」

口ではやめてと言いながら、わたしはもっと触れてほしいと感じていた。美容院で髪を触られるのが好きだが、それよりもずっと心地良い。きっと圭佑さんだからいいのだ。好きな人だから。

「構わないだろ？　誰かに見せるわけでもないし」

「あなたが見てる」

「ならもっと髪が乱れたところが見たいな」

圭佑さんはそう言って、わたしに三回目のキスをした。


今日初めてプライベートで食事をともにしたばかりだというのに、何この展開。

大人の余裕か気遣いか、圭佑さんの勧めるまま、先にシャワーを使わせてもらうことにしたわたしは、少し熱めの湯を全身に当てていた。

（まさかこんなことになるなんて――）

ロマンス小説顔負けの状況が、信じられない。心臓がドクンドクンと、まるで平常値を忘れてしまったかのような勢いで脈打っている。

髪を洗い、泡立てたソープで体を隅々まで洗っていく。胸の膨《ふく》らみを弧を描くように撫《な》でて、乳首に触れた。まだ芯も持たず柔らかな突起は、指先で簡単に形を変える。そのまま下肢へと手を下げて、茂みの奥の秘めやかな部分にも触れる。

（ここで圭佑さんを……）

わたしはきゅっと目を閉じる。

圭佑さんの気持ちが真実どこにあるかなんて、考えるのは怖い。でもわたしの気持ち――想いはこの胸にある。まだまだ意識したばかりで、未熟な感情かもしれなくても、これは確かなこと。

わたしがいいと圭佑さんは言ってくれた。だから応えたい。もしまた前のときのような結果になったらどうしようと不安な気持ちもなくはないけれど、信じなくてどうする。

「よし！」

声に出して頷いたわたしは、シャワーを止めた。

浴室から出ると、洗面所の棚に置かれていたバスローブを広げて、手を通す。

清潔に洗われたそれは、圭佑さんが普段使っているものだろう。紳士サイズな上にゆったりとした作りなので、腰紐をしっかり結んでもはだけてしまいそうだ。

わたしが胸もとを押さえて廊下に出ると、圭佑さんがいた。

いつからそこに？　もしかしてわたしが出てくるのを待っていた？

「これ……、借りました」

見ればわかることなのに、わたしは断りを入れる。

「ああ。——髪、濡れてるな」

圭佑さんは、洗面所から乾いたタオルを数枚取ってきて、わたしの髪の滴《しずく》を拭《ぬぐ》ってくれる。

ローブの下は何も身に着けていないのを意識してしまったわたしは、顔を上げられなくなった。

「不思議だな。うちの洗剤はどれも無香料なんだが、瀬理奈から良いにおいがする」

「あ……っ」

抱き寄せられて、くん、とにおいをかがれた。そして体が離される寸前、素早く唇がかすめる。

俯《うつむ》いたまま、タオルを被っている顔が火照《ほて》ってくるのを感じていた。

「俺も浴びてくるから、ベッドで待っててくれるか？」

「……うん」

おずおずと振り返ったときには、圭佑さんは着ていたシャツに手をかけていた。はだけた胸もとから覗いた引き締まった体が、否応《いやおう》なくわたしの鼓動を速める。

わたしの視線に気づいたのか、圭佑さんがこちらに向いた。わたしは恥ずかしくなって慌てて洗面所のドアを後ろ手で閉めると、その場をあとにする。

圭佑さんに言われたベッド——寝室で、わたしはドア近くにあるはずのスイッチを探して灯りを点けた。ベッドは部屋の中央に置かれていた。わたしはまっすぐそこまで進み縁に腰かけると、ローブの胸もとをぎゅっとつかむ。

胸が苦しい。心臓、うるさすぎ。

まるで全力疾走したときみたいにドキドキしないでほしい。これではまるで初めてを迎えるみたいではないか。実質それと変わらなくても、この年までに得た知識で、経験不足をカバーしたいところなのに。

このドキドキをどうにかしたくて、気を落ち着かせようと、わたしは辺りを見回した。

ここが圭佑さんの寝室。あれこれものが置かれ雑多でオトメチックなわたしの部屋とは対照的にものがなく、セミダブルのベッドと造りつけのクローゼットを間接照明の柔らかな光が浮かび上がらせている。リビング同様生活感があまりないが、それほど無機質な雰囲気ではない。洗練された統一感のあるインテリアだ。

居心地は――

「案外、悪くないかも」

「何が悪くないって？」

「ひぅ!?　室生さん……っ。あ、いえ、圭佑さん。インテリアが……、その、良いなって。まるでうちが扱ってるマンションのモデルルームみたいで――」

突然の声に驚いて振り返ると、立っていたのはもちろん、腰にバスタオルを巻いた圭佑さんだった。わたしは慌てて口を閉じるが、覆水盆《ふくすいぼん》に返らず。すぐにあたふたと言い訳めいた言葉を続ける。

しかもモデルルームみたいというのは、どうなんだ？

「なんだ部屋のことか。俺のことを言ったのかと思った。――モデルルームというのは当たりだ。ここ、うちが手がけた物件を展示後、内装ごと買った部屋だからな」

圭佑さんは「家具をそろえる手間が省《はぶ》けて引っ越しも楽だった」となんでもないように言って、わたしのところまでくると、同じようにベッドに腰かけた。

「……そ、そーなんですか」

うちのパンフレットに載っていそうなインテリアだと思ったのは、そういうことのようだ。

彼に傍《そば》にこられたわたしは緊張する。何分、互いに心もとない格好、これから何をしようとしているのか意識してしまう。

わたしは、部屋を見回す振りをしながら、圭佑さんを窺《うかが》った。そして見惚《みと》れてしまいそうになる。

思っていた通り、胸も腹も腕もしなやかな筋肉がついていた。お陰で下半身――腰に巻いたバスタオルの下まで妄想したわたしは、気恥ずかしくなって俯《うつむ》く。

「瀬理奈」

そんな胸のうちに気づくはずもなく、圭佑さんがわたしを引き寄せ抱き締める。

腕に閉じ込められ、バスローブ越しでも彼の体の熱をしっかり感じた。

そして、頬に手が添えられ上を向かされる。圭佑さんの顔が近づき、わたしは目を閉じた。

今日四回目のキス。いや五回目だ。シャワーから出たとき、良いにおいがすると言ってにおいをかがれ、唇がかすめたから。

唇を重ね、啄《ついば》むような触れ合いが、徐々に深くなる。でも、自分勝手な乱暴さはまるでない。わたしの反応を待ってくれているみたいだ。

これが大人の愛し方……

唇のあわいからそっと差し込まれた舌先が歯列を撫《な》で始めた。くすぐったさにも似たもどかしさを感じたわたしは、口を薄く開ける。するとお許しを待っていたとでもいうように、舌が口内に入ってきた。それでも、まだ何か探るような、ゆっくりとした動きだ。歯の裏を舐《な》めて上顎《うわあご》をくすぐり、わたしの舌を突《つつ》いて搦《から》める。

「あふ、あ……ぁ……」

熱のこもった吐息を漏らしながら、わたしは耳の奥が痺《しび》れていくのを感じた。頭の中に薄靄《うすもや》がかかっていく。

触れる唇が、搦《から》める舌が、口の中でほどけていくチョコレートのように甘く、蕩《とろ》けるキスというものを知る。

唾液が溢《あふ》れて顎《あご》を伝うと、それをも圭佑さんは舐《な》めとった。

「いいか？」

「――っ」

どくんとわたしの胸がひときわ強く打つ。

そんなこと訊《き》かないでほしいけれど、わたしの過去の傷に対する気遣いだとわかる。切なさを覚えながら、頷いた。

すると、圭佑さんに抱き上げられ、ベッドの真ん中に横たわらせられる。

「瀬理奈、怖かったら言ってくれ。やめるから」

バスローブの裾が乱れて足が露《あらわ》になる。直す間もなく、圭佑さんが触れてきた。

「あっ」

膝の辺りを最初は指で触れ、それから掌《てのひら》全体でじわりと撫《な》でられた。その手が行きつ戻りつしつつも、だんだんと太腿《ふともも》に向かう。

「すべすべだな」

「……磨きましたから」

何言ってるの、わたし。心地良いやら恥ずかしいやらで平常心を保つのが無理でも、そこはもうちょっと可愛い反応するとこでしょう!?

「じゃあ磨き上げた瀬理奈を見せてもらおうか」

「あう……」

なんか墓穴……

圭佑さんににやりとされて、一気に羞恥《しゅうち》が倍増したわたしは、「さあどうぞ」とも「好きにすれば」とも返事ができず、頷くだけで精いっぱいだ。

バスローブの紐が解かれて、胸をはだけられる。あまり大きくないので残念に思われたらどうしようとか、形が悪いと思われたら悲しいなとか、埒《らち》もないことが脳裏《のうり》をよぎった。

けれど、そんな心配は不要だった。わたしに覆いかぶさった彼は「可愛い」と呟《つぶや》き、胸の膨《ふく》らみに手を這《は》わせて裾野から柔肉を押し上げるようにすると、頂《いただき》の突起にそっと指先で触れる。

「あ……ん……」

途端にツンと疼《うず》くような痺《しび》れを感じて、わたしは小さく息を漏らす。

彼は胸を鷲《わし》づかみにすることもなく、摘《つま》んで引っ張ることもなく、ましてや爪を立てることもしない。優しく揺らして、芯を持ち始めた尖端《せんたん》を指の腹で擦《こす》る。

そうかと思うと、肌に触れるか触れないか、産毛がゾワゾワするぎりぎりで胸から腹、ときには脇腹へ掌《てのひら》を滑らせた。

「気持ちいいか？」

「うん、いい」

わたしは素直に答える。

気持ちが良い。これは何かの魔法なの？　それとも圭佑さんのテクニック？

多分後者だ。掌《てのひら》から何か出ているんじゃないかと思うほど、圭佑さんに触られた場所が気持ち良い。ゆったりと熱が溜められていく。そんな感じだ。もっと触ってほしくなる。そして、もう少し乱暴に扱ってくれても良いのにとまで思ってしまう。

「瀬理奈」

「あっ、やぁ――」

突然完全に勃《た》ち上がった頂《いただき》の尖《とが》りを摘《つま》まれた。自然と声が出る。

「痛いか？」

痛い。でもそれだけじゃない。ジン、とする痺《しび》れが心地良さを呼んでくる。

「ううん」

だからわたしは首を横に振った。

「そうか。じゃあ、こっちも触るよ。嫌だと思ったら言ってくれ」

こっちってどこ？　と小さな不安が胸をよぎる。

でもすぐにわたしはそれを打ち消した。

圭佑さんにならどこを触られても大丈夫。――いつの間にか、そんな絶対の安堵《あんど》を覚えていた。

わたしは、了解の意味を込めて頷く。

「あ……、んん……」

圭佑さんの手が乳首を離れて、下へ滑っていった。かろうじて下肢を隠していたバスローブ越しに腰骨を擦《さす》って、太腿《ふともも》に辿り着く。そこから方向を変え、今度は素肌の感触を確かめるように掌《てのひら》を当てて、ゆっくりと上がってくる。

「あっ」

足のつけ根近くまで撫《な》でられたわたしは、吐息ほどの声を上げた。

「瀬理奈？」

それを聞き留めてか、すぐに手を止め、眉根を僅《わず》かに寄せた圭佑さんが、わたしの顔を覗き込んだ。

わたしは慌てて口を開く。

「ううん。なんでもないの。ちょっと緊張してるだけ」

怖いと思ったわけではなかった。中途半端な経験しかないわたしは、人に触られることに慣れていない。それもこんなに優しくなんて。キスと同じ、そうやって触られるのが初めてなのだ。

もちろん未知のものへの恐《おそ》れはある。でも、この人はあの男とは違う……

「続けても大丈夫か？」

「うん、圭佑さんに、もっと触ってほしい……」

目もとを強張らせたままではあるものの、わたしは笑みを浮かべた。

「――っ、触ってほしいって、そんな可愛いこと言って……あとで泣いても知らないぞ」

わたしの返事が意外だったのか、一瞬言葉を詰まらせた圭佑さんは、すぐに目を細めて柔らかな顔になった。

足のつけ根近くまで上がってきていた手が、また動き出す。わたしを気遣ってか、一段と緩やかにそっと弧を描くように撫《な》でていたが、ついにはそろりと敏感な部分に到達した。

「あ……？」

触れられた箇所から沁み込んでくる、じわっとした痺《しび》れを覚え、わたしは本能的に膝を閉じる。

「痛かったか？」

「いいえ。そうじゃなくて――あ……、んんっ」

体の中で一番感じるところなのに、指が擦《こす》れても嫌な摩擦《まさつ》感がない。

それどころか、自分の変化に驚いた。これって、濡れてる？

「ここ、凄《すご》いことになってる。こんなに感じてくれていたんだな」

「圭佑さん……」

そう、わたしは感じていた。初体験のとき投げつけられた言葉が嘘のように、感じて、体が彼に応えている。

「どうした瀬理奈」

「わた……し……、あ……」

「瀬理奈？　本当に無理しなくていい。嫌なんだな？　触ってくれと言われたからって、もっと慎重にすべきだった」

「違うの。わたし、濡れてるのね。それが嬉しくて」

胸の奥から何かが込み上げてきて、苦しい。

それをわたしは、くっと唇を噛んでこらえる。でも、決してつらいものではなかった。彼の愛撫《あいぶ》に感じて体が応えられることが、ただ嬉しい。

「そうか。力を抜けるか？　もっと瀬理奈に触りたい」

「あぁ――っ」

言われた通りに膝から力を抜くと、指がさわさわと動き出した。秘裂を擦《こす》られたわたしは、自分でもドキリとするほど艶《つや》のある声を上げていた。

「いい声だ」

わたしは恥ずかしくて目をぎゅっと瞑《つむ》る。

心臓がドクドクとうるさい。甲高《かんだか》い声が、堰《せき》を切ったように上がり続ける。

「あ、ああ、あ、あ」

彼の指が、すりすりと撫《な》で回しては、体から溢《あふ》れてきている潤《うる》みの蜜を周囲に塗り広げていく。

痛みはまったくなかった。ぞくぞくと何かが背筋を這《は》い上がってくる快感――悦《よろこ》びを覚える。

「んっ」

不意にわたしは息を詰めた。圭佑さんの指が中に入ってきたのだ。その指は深く沈められ、わたしの中を触り始める。

「瀬理奈、痛いか？」

「ううん、平気」

指を抜き差しされるが、痛くない。体が応えている証《あかし》だ。

「そうか。じゃあ、指を増やすぞ」

「ん――」

秘裂の奥に少し引《ひ》き攣《つ》れるような圧迫感が生じた。言葉通り、体に沈める指が増やされたのだ。その指が隘路《あいろ》を押し広げながら届く限り深く侵入し、抜けるぎりぎりまで引くを繰り返す。

体の内側に不思議な感覚が生じる。嫌な感じはない。でも快感と呼ぶにはまだ未熟で、上手く言い表せない変な感覚だ。

不意に圭佑さんが口づけてきた。唇を甘噛みして吸い、それから顎《あご》から鎖骨《さこつ》、胸へと唇を這《は》わせていく。その間も、わたしの秘裂への愛撫《あいぶ》は続けられていた。下生えを梳《す》いてはかき回し、潜《ひそ》んでいた肉珠を探り当てる。

「ああっ！」

そこを触れられた瞬間、わたしは一際高い声を上げた。これまでの緩やかな心地良さとは違って、ビリビリと電気を当てられたような刺激が体を突き抜け、つま先が反《そ》る。

「これは嫌？」

「あ、ああ……、い、いえ……ああ」

嫌じゃない。もっと感じたい。

肉珠を指で転《ころ》がされて体を巡《めぐ》る痺《しび》れが悦《よろこ》びへと変貌していく中、わたしははっきりと意識する。

圭佑さんがほしい――

「あ……、わたし……」

自分から体を繋げたいと求めるのは、浅ましいだろうか。優しいキスもゆったりと触られるのも気持ち良かった。でも、もうそんな愛撫《あいぶ》では満足できない。じりじりと焦燥《しょうそう》を覚えさせる熱が、体中を支配していく。

わたしは自分に覆いかぶさっている圭佑さんを見詰めた。

「そんな目で見ないでくれ。結構ぎりぎりだから」

切なげな顔で、彼がふっと息を吐く。

「あ……ごめ、な、さい」

わたしは、申し訳なくて謝った。圭佑さんの腰に巻いたタオルの下に、膨《ふく》れ上がった熱があることに、気づいたのだ。

「どうして謝る？」

「だって……、わたしばかり……」

「それだけ、感じてる瀬理奈が可愛くて、夢中になってるってことだ」

「――もう。あ……、あん……」

体に埋《うず》められた指がまた動きを始める。届く限り深く蜜壁を擦《こす》ったかと思えば、浅瀬を抉《えぐ》った。わたしの体は確実に反応して、蜜を溢《あふ》れさせているようだ。抜き差しする指を抵抗なく受け入れては、くちゅりくちゅりといやらしい水音を上げる。

「せりな」

圭佑さんがわたしを甘く蕩《とろ》けたくなる声で呼ぶ。

わたしは頷いて、彼に向かって腕を伸ばした。間接照明が消されて、ベッドヘッドに置かれたスタンドのほのかな灯りだけになる。

わたしは圭佑さんに腰を抱えられ、はちきれんばかりに膨《ふく》れ上がった彼の屹立《きつりつ》を押し当てられていた。いつの間にか、その屹立《きつりつ》には避妊具がつけられている。

「瀬理奈」

「あ、んんっ、け、い……、ああっ」

ぐりっと剛直の尖端《せんたん》がめり込んでくる。どれだけしとどに濡れていようが、押し入ってくる圧迫感はなくならない。

本当にこれがわたしの中に？　全部入るの？

未知のものへの恐れから、つい不安を覚えてしまったわたしは、シーツに爪を立てる。

圭佑さんの猛《たけ》りは思っていたよりもずっと逞《たくま》しくて、指なんて比べものにならない存在感だった。

「苦しいなら、やめるか？」

「それは、嫌」

余裕なのか圭佑さんがふっと笑った気がしたが、わたしはそんなものなくてぎりぎりだ。

「なら、もう少し気を楽にしろ」

わたしはかろうじて頷き返す。繋がりたいと求めたのは嘘ではない。何より今、わたしは圭佑さんを欲しているのだ。彼とともに悦《よろこ》びを分かち合いたい。

「ああっ!!　ああ、あ、ああ、あっ」

ぐいぐいと圭佑さんが中に入ってくるのを感じた。

「そのまま声を上げてろ――くっ、瀬理奈っ」

「あ、あ、あ、あ、あ」

「もう少しだ」

もう少しって、もういっぱいなんですが。

お腹の中のものが、せり上がってくるようで苦しい。

「ひぁ、あ、あ……、ああっ、んっ!!」

めりめりと楔《くさび》が隘路《あいろ》を広げ、ずくん、と最奥まで届く。わたしは一仕事終えたような達成感を覚えた。

「これで一つになった。俺が中にいるのがわかるか?」

腰を抱えたまま覆いかぶさってきた圭佑さんに、頷く。

広げられた秘裂が熱を持ってヒリヒリしている。でも、わたしはそんな疼痛《とうつう》さえ心地良いと感じていた。

――これが繋がるということ。

「中に……、圭佑さんがいる……」

「そうだ、瀬理奈」

口づけが落とされた。唇に、目蓋《まぶた》に、頬に。

でも少し不自由。圭佑さんが僅《わず》かでも身じろぎすると、お腹の奥が落ち着かなくなる。これも繋がっているせいだ。

「――そろそろ動いて良いか？」

そう訊《き》かれ、わたしは初めて気づいた。圭佑さんは待っていてくれたのだ。繋がってすぐでは、わたしの体への負担が大きいだろうと気遣って。

まったくこの人はどこまで優しいのだろう。今日は初めて知ることばかりだ。

あまりにも優しくて、今わたしの中にいる人が圭佑さんで良かったと、泣きたくなってしまう。

愛《いと》しい、と思った……。

「ええ、動いて。圭佑さんのいいように」

「こら、そんな煽《あお》るようなこと言うな。歯止めが効かなくなるぞ」

少し冗談ぽく言っているけど、きっと本心だ。いくら大人の分別で男の生理を抑えていたとしても、我慢していることに変わりはない。

「いいの。わたしもあなたに応えたい」

気遣われてばかりでは嫌だ。向けられる感情の分、返したかった。

「可愛いこと言うなよ」

「あっ」

わたしの中で、圭佑さんがむくりとその質量を増したような気がした。それが嬉しい。

「――覚悟しろよ」

「はうっ、あぁ――んっ」

圭佑さんが腰を使いだす。指でそうしたようにわたしの中の彼が抜かれ、そして押し込まれる。

抜かれると、猛《たけ》りで広げられた隘路《あいろ》の空虚《くうきょ》が切なくて、早く満たしてほしいと腰が動く。

「ああっ」

彼の猛《たけ》りが、ついに探るような動きから確かな動きに変わる。律動を刻み、腹側を擦《こす》って最奥を突いた。その衝撃でわたしの体は跳ねる。腰を抱えられていなかったら、上にずれてヘッドボードに頭をぶつけてしまいそうだ。

それほどの勢いで、抜き差しされる。まるでこれまで抑えていたエネルギーが迸《ほとばし》っているみたいに。

「瀬理奈、そんなに締めつけないでくれ」

「やぁ……っ、し、知らな……いっ。ああっ」

そんなこと言われても、自分ではよくわからない。

でも奥深くまで突かれるたび、中を擦《こす》られるたび、内側から呼び覚まされる猥《みだ》りがわしい熱を感じ始めていた。

体がばらばらになり、熱に浮かされ溶けてしまいそうな恍惚感《こうこつかん》だ。

――これが官能か。感覚すべてが悦《よろこ》びに満たされている。

「ああっ、ああんっ、んっ、んあ、ああ」

このまま続けたら、わたしはどうなってしまうのだろう。さっきから喘鳴《ぜんめい》が喉《のど》からひっきりなしに漏れている……

「瀬理奈っ」

「あぁ、んんっ」

名前を呼ばれても、まともに返事ができない。圭佑さんの動きはさらに強く激しくなり、ついにはつかまれていた腰が持ち上げられた。

わたしは肩で体を支え、ベッドにつかなくなった足が空《くう》を切る。

ひたすら揺さぶられ続け、緩急をつけられながら浅く深く、抉《えぐ》られた。

「ひゃあっ、ああ、あ、あ――」

圭佑さんの律動に翻弄《ほんろう》されて、意識がおぼつかなくなる。あぅん、おぅん、と自分でも信じられないあられもない声が上がるせいで、喉《のど》が痛い。

わたしの信条とする沈着対応なんて、とっくにどこかへ行ってしまっていた。

「くぅ、瀬理奈っ、そんなに締めるな――」

「はぁっ、あん、あ、ああん」

また言われたけれど、締めるなと言われても、本当に自分ではわからない。

突き入れられるとお腹がいっぱいになるのが嬉しくて、抜かれてしまうともっと中を満たしてほしいと寂しくて。このまま繋がったままずっと一緒にいたいと、オトメな想いが胸を占める。

「ああ、やあ……っ、な、何かっ、くるっ」

突かれまくって、最奥が鈍い痛みを訴えている。それが嬉しいと感じているわたしは、どれだけなんだろう。以前は少しの痛みも耐えられなかったのに。

もう駄目。わけがわからない。いろいろ考えるのも無理。

愛してるなんてまだとても恥ずかしくって口にできないけれど。今はここまでの気持ちが伝われば良いなと思った。

「け……、すけさ、ん、あ、ああ、あぁん」

額《ひたい》に汗を滲《にじ》ませた圭佑さんが見ているのは、わたし。

わたしは、揺さぶられる中、圭佑さんに向かって手を伸ばす。

好きという思いを込めて。

そうしてわたしの意識は、官能の波に攫《さら》われ、呑み込まれて、途切れた。

【5】

ああ、ついに……

ついについについに――っ!!

わたしは新たなる扉を開き、大人の階段を上った。愛の交歓、セックスを経験したのだ。

しかも相手は、社内で一番結婚したい男との呼び名も高い営業部のエース、室生圭佑。

まったく、世の中何が起きるかわからない。まさか自分が彼とこんな日を迎えるなんて、思いもしなかった。こんな小説みたいな展開があるなんて信じられない。

でも、これは夢ではない。間違いなくわたしは彼と一晩をともにして、抱き合ったのだ。

室生さんは、キスからして何もかも違った。決して性急にコトを運ぼうとはせず、優しく触れ、温《ぬく》もりで包み、大切にそっと抱き締めてくれた。わたしが怯《おび》えないように、ゆっくりと蕩《とろ》けさせていった。

なんて素晴らしい一夜だったろう。寄せては返すさざなみ、打ちつけては引く大波、めくるめく悦《よろこ》びの極み、全身官能に震えた。

今も思い出すたび、鼓動はドキドキと速くなり、胸がきゅんと締めつけられて息が苦しくなる。

こんなの、いつぶり？　まるで初めて恋を知った十代の頃のようにときめいてしまう。イイ年をしたアラサーなのに、胸を高鳴らしちゃって――……

彼はわたしが知る誰よりも、スマートで大人だった。いろいろ余裕をなくしていて言うタイミングを逃《のが》してしまったというのに、当たり前のように避妊具を使ってくれた。そして、男は言葉にして伝えないと女のことなど何一つわかってくれないという、わたしの思い込みを粉砕したのだ。

「室生、圭佑……さん……」

胸の想いを呟《つぶや》くと、じくんじくんと下腹の奥が甘く疼《うず》いてくる。

彼のお陰でわたしは、長く引きずっていた過去から卒業できた。痛みしか残さなかった過去の思い出を乗り越えられた。抱えていたセックスへの恐怖も忌《い》まわしさも、上書きされて。

だから――

この関係があの夜限りだとしても、構わない。

わたしは浮かれる気持ちにぐっとストップをかける。本当はそんなこと、考えたくはない。このまま想いに任せて舞い上がっていたい。

けれど、こんな関係になりながらも、わたしの心は揺れ動いていた。

彼はわたしを名前で呼びはしたが、好きだとは言っていないのだ。ましてや愛の言葉なんて交わしていない。

ここ大事、とオトメ心が訴える。

思わせぶりな素振りだけで納得してはいけない。

やっぱり彼がわたしと同じ気持ちだと考えるのは無理がある。あの室生圭佑が、特別美人でもないわたしと、なんて。いくらわたしだとアレルギーが出ないからといっても……

室生さんは、本当にイケメン、カッコ良い。あんなに冷たくてつれない態度を取っているのに、彼に好意を寄せる女子はあとを絶たなかった。それにつき合っている人はいないと言っていたけれど、これだって実のところはわからない――

実はわたしは、洗面所で見てしまったのだ。鏡の下のスペースに、これみよがしに置いてあった口紅。

化粧品のにおいでアレルギー症状が出るというのに、そんなものがあるなんて、意味するところは明白だ。

やっぱり、彼には口紅を置きっぱなしにしても不自然に思わないほど親しくしている女性がいるのだろう。つき合っている人はいないというのなら、大人の割り切った関係の。

本気になってはいけない。室生さんとのひとときがどんなに素晴らしくても、そんな体目当ての関係を続けていけるほど、わたしは割り切った性質ではない。

恋は心から想うただひとりの人としたい。ときめきもドキドキもすべて捧《ささ》げ、きゅんきゅんとうっとり甘く蕩《とろ》けて、愛し愛される関係だ。

イイ年をしてそんな夢物語をと鼻で笑われても、これだけは譲れない。

それがかなわない彼に、深入りしてはいけないと心に誓った。

――て、言い聞かせたわよね、わたし。しっかり、がっつり。

だから室生さんからの退社後の誘いも断り、息を潜《ひそ》めるようにして仕事に没頭して過ごしていたのに。

あれからきっちり一週間経とうとしている金曜の就業中。昼の休憩を取ったわたしは、いつもの洋食屋で万由里と食事をしていた。

窓際の席に着き、左隣に座った男――室生さんに気づかれないよう、高鳴る鼓動を隠して小さく溜め息を落とす。

「悪いな、相席させてもらって」

「いいえ。この時間混んでますもの。私たちは構いませんわ。ね、瀬理奈さん」

「え、ああ、相席ね。仕方ないいんじゃない？　混んでるから」

万由里に話しかけられたわたしは、大したことじゃないと返事をする。澄ました顔を作りつつ、不承不承《ふしょうぶしょう》の体《てい》で。

確かに店は混んでいる。相席となるのはわかるけど、さて困った。隣に座られてしまっては、逃げようも避けようもない。

ただでさえ、一度広まった噂は収束が難しいのだ。これ以上面倒な展開にならないためにも、極力室生さんにはかかわらないように、距離を取っていたのに。

そうでなくても、わたしへの風当たりは強くなる一方で、どれだけ自重《じちょう》しようが、根も葉もないことを広められ、いわゆる炎上中だ。

それが、自《みず》ら燃料投下する真似して、どうするのよ⁉

わたしは顔見知りが通りませんようにと祈った。万が一見られても向かいには万由里がいる。二人きりじゃないので大丈夫だと慰《なぐさ》めながら。

「室生さん、珍しいですね。ここでランチなんて。いつもは取り引き先の近くで済まされていらっしゃるんでしたよね」

「たまには、昼食べてから行くのもいいかなってね」

二人の会話を聞きながら、わたしは食事に集中している振りをする。

室生さんの足もとにはビジネスバッグ。このまま外回りに行く気なのは、すぐにわかった。

実のところ、意識しすぎて何を話したらいいのか、ちょっと混乱している。アレルギーのことは気になるが、間違ってもここでプライベートなんて持ち出したくない。

だったら当《あ》たり障《さわ》りない会社の話、仕事を話題にすればいいのだが、課も違うし思いつかない。

それを言うなら、万由里は受付、共通項はわたしよりもないはずなのだけれど、室生さんが出先で昼食を取っているなんて、どうして知っているのだろう。万由里の情報網は相変わらず侮《あなど》れない。

「どうしたんですか？　いつもの瀬理奈さんらしくないですよ。室生さんといると大人しくなってしまうのかしら？」

「な、何言って――!?　そ、そんなことないわよ。室生さんとは別に……」

何よ、それ!?　万由里、あんたこそいつものおっとりしたお嬢様はどこに行ったのよ？　そんな何か探るような目をして。

「……そうだな。宮原さん、ここのところいつもの威勢がないな。悪いものでも食ったのか」

「はあ!?　む、室生さんまで――」

ええ、悪いものならいただきました!!　お前だよ、この野郎!!

そんなことを言えるわけがなく、わたしは押し黙る。

室生さんに顔を覗き込まれたわたしは、思わず明後日《あさって》の方向に顔を背《そむ》けた。

やめてよ、万由里の前で。そんないかにも何かあるみたいな素振りは。

「君たちは同期なんだってな」

そんなわたしの態度が面白かったのか、正面に向き直る室生さんの口もとに、一瞬笑みが浮かぶ。

（ったく、今日もなんて素敵なのよ）

彼が着ているのは、一見無地のダークスーツだが、近くでよく見ると、ヘリンボーン織りの凝《こ》った生地を使ったものだった。前屈みでテーブルに腕を載せても変な皺《しわ》が出ないので、仕立てが良いのだろう。オーダー物かもしれない。無造作に首もとを緩めた小紋柄のネクタイも洒落《しゃれ》ていて、多分シルク。

室生さんのカッコ良さを目の当《ま》たり《あ》にしたわたしは、高鳴り継続中の鼓動を宥《なだ》めるのに必死だ。

「ええ。私たち、結構気が合うんですよ。瀬理奈さんは私の大切な友達です」

「っ!!」

わたしは息を呑む。万由里に返す言葉を探すよりも、急を要する案件が発生したからだ。

隣の室生さんがテーブルから右腕を下ろし、わたしの腿《もも》に手を置いている。

何考えてるのよ!?　テーブルがあるから、万由里には見えないと思うけど、そんなことやめてっ!!

わたしは不埒《ふらち》な動きを止めようと、できる限りさり気なさを装《よそお》って腿《もも》の上の手を払う。しかしあっという間に逆襲され、その手を握られた。

「瀬理奈さん、どうかしたの？」

「べ、別に、何も……。ま、万由里がヘンなコト言うから。た、大切なって何よ」

わたしは誤魔化すように万由里に答える。手を握られているなんて絶対に知られたくない。

だいたい、大切なって、そんな気恥ずかしくなること、さらっと言わないでよ。

わたしは素早く室生さんを横目で睨《にら》んで、正面の万由里を微苦笑を浮かべて見る。

本当は手を取り戻して、室生さんに文句の一つでも言ってやりたいけれど、そうなるとテーブルの下の攻防を万由里に知られてしまう。これが精いっぱいだ。

「大切に思ってますよ。だって瀬理奈さんは普通に接してくれる数少ない方ですもの。……ですから室生さん、彼女を泣かせるような真似は、決してしないでくださいね」

何が普通なのかわからないものの、万由里の置かれた環境を考えると納得できることもある。普段あまり意識していないけれど、彼女は常務令嬢なのだ。

それにしても泣かせるような真似って、なんでそんな話が出るのか。

「もちろんだ」

しかも室生さんまで、さも当然のように言い切る。彼にはいい加減、手を離してもらいたい。

「――では私はこれで。先に戻りますね」

不意に万由里が立ち上がった。彼女の皿を見ると、いつの間にか綺麗に平らげられ、コーヒーカップも空になっている。

わたしはというと、結局室生さんが気になって、それほど箸が進んでいない。

「あ、待って。わたしも行くわ」

「瀬理奈さんは食べ終えていないではないですか。休憩時間はまだありますから、ゆっくりされれば良いと思いますよ。ね、室生さん」

「そうだな。宮原さんには話もあるし」

室生さんがテーブルの下でまた強く手を握る。これでは立てないし、出られない。

だからね、手を離してほしいんですよ、わたしは。

「わたしには、ないわよ」

ボソリとつい口から出た本音は、二人には聞こえなかったらしく、特には突っ込まれなかった。

そして、万由里が伝票に手を伸ばそうとするのを、室生さんが遮《さえぎ》る。

「あら――、わかりました。ではご馳走になりますね」

室生さんが頷く。ここの支払いを持ってくれる気のようだ。

店を出ていく万由里の後ろ姿を見ながら、わたしは盛大に息を吐く。

泣きたい。泣いていいなら今すぐ泣きたい。こんなところをまた誰かに見られたら、何を言われるか想像はたやすい。

「……室生さんって案外鈍感ですか」

少しは自覚しなさいよ、自分がどれだけモテる男なのか。

「俺が鈍感？　かもな。この一週間、どうして君に避けられるのか、理由がわからず傷ついている」

こうなったら皮肉の一つくらい言ってやらねばと考えていたのに、視界の端で捉《とら》えた表情のせいで、続けられなくなった。

どうして、そんな顔するのよ？　傷ついているって、本気で言ってるの？

わたしの心に、もやもやと罪悪感が頭をもたげてくる。

だが、ここで変な同情をしてはいけない。さっきからずっと疑問に思っていたことがあるのだ。

「言ってましたよね、アレルギーがあるって」

「ん？　それがどうした？」

「だから、化粧をしている女性とは食事なんかしたくないって」

「言ったな。だが君は別だ」

あ、駄目。わたし、そこで嬉しがっちゃ駄目だって。

「なら、万由里はいいんですか？　あの子も化粧してますが」

こういうところで、友の名を出すのもどうかと思うが、化粧しているのは事実。

彼女は受付という仕事上、華美ではないとはいえ、しっかり化粧している。その上、ほんのりフローラルの甘い香りがした。いつかの常磐葉の部長ほどではないものの、香水をつけているのはわかる。

「それだけ君といたかったとは思わないのか？」

「うっ！」

何よ、そんな真面目な顔で。アレルギーが出るかもしれないのに、相席をしたっていうの？

だから喜んじゃ駄目だって。口だけかもしれないのに。

わたしはおずおずと室生さんを窺《うかが》う。

彼はまっすぐにわたしを見ていた。

わたしはそのまま彼の胸に顔を埋《うず》めたい衝動にかられてしまう。なんて表情でわたしを見るんだろう——唇を噛んで緩みそうになる表情を引き締める。

「唇を噛まなければならないほど、困らせるつもりはなかったんだが……」

握られていた手に力が込められ、それから指を交互に絡めた繋ぎ方になる。

「え？」

もしかして、何か勘違いされた？　やだ、そんなつもりじゃなかったんだけど。

「言っとくが、君がどう思っていようと、あの夜のことをなかったことにする気はない。今夜、時間取れるな。あとで連絡する」

「室生さん……」

わたしが頷くと、室生さんは箸を取り、食事を再開したのだった。

「ご馳走様でした。奢《おご》ってもらってばかりですみません」

休憩時間がそろそろ終わりを告げる頃、店を出た。わたしは会計を済ませた室生さんに頭を下げる。

「好きでやっていることだ。気にするな」

「でも、これじゃ――あっ」

室生さんの手が伸びて、わたしの髪をするっとすくって離れる。驚いたわたしは、一歩後ろに跳ねるように下がった。次は割り勘で、と言おうと思ったのに、言葉が詰まってしまう。

ここ、外。往来。休憩時間。誰かに見られていたらと、わたしは慌てて周囲を見回す。

「なんだ、その驚きようは。髪を触っただけだろ？」

「何言ってるんですか、外でこんなことやめてください」

「わかったよ。――俺はこのまま取り引き先に行くから、ここでな」

「……はい」

二人で連れだって戻ると、また何か言われそうなので、それはありがたかった。

会社とは逆方向の駅に向かう室生さんの背中を見送り、わたしは会社に戻る。そして、営業部の自分の席に行こうとして、休憩前とは違う妙な空気を感じた。

(何、この雰囲気？)

周囲の様子を窺《うかが》ったわたしは、その理由を目《ま》の当《あ》たりにして息を呑む。

いったい、どうしちゃったの、これ⁉

あれこれとものが置かれた机が並ぶ中、そこだけ切り拓かれた原野のごとく、スコンと綺麗さっぱり片づけられた机が一つ。

誰の席だっけと思いつつ見ると、そこに男が呆然と立っていることに気づいた。山口だ。

「どうしたの、山口さん？」

彼は虚《うつ》ろな眼差《まなざ》しで片づけられた机をぼんやりと見ている。この不自然なほど何も置かれていない机こそ、山口の席だ。

彼と同期のわたしはよく知っているが、机の上が見事に何もなくなっているなんて、はっきり言ってこれまで一度もなかった。

「休憩から戻ってきたら、この状態になっていたそうだ」

「はあ？　あ、課長！　いえ、そうだ、山口さん、商談は？」

代わりに答えた課長に、わたしはつい不遜《ふそん》な声を上げてしまい、それを誤魔化すように続けて訊《たず》ねる。

確か山口は、午後から商談が入っていたはず。

「山口、見積書どうしたのよ？　まさかそれも――？」

普段はきちんと「さん」と敬称をつけて呼んでいるが、このときばかりは忘れてしまった。気づいたのは口から出たあとだ。

わたしの声が聞こえた山口が力なく頷く。

「ウソ!?」

今朝いきなり彼から「午後の商談に使うから」と頼まれたわたしは、やり始めていた伝票入力を中断し、午前中いっぱい悪筆な彼の走り書きと格闘して、客先で提示するための正式な見積書を仕上げたのだ。それも三パターン。

それを休憩前に、席を外していた彼の机の上に置いた。あとは三課の長である課長の承認を得るばかりだから、それぐらい自分でやれと、ショートメールを送って。

それがないの？

いや、待て待て。あれは、他の書類に紛れないように、わざわざ封筒に入れたではないか。一目で何かわかるように、中身が見積書であることを書いたメモも添付した。

そこまでしたものがなくなるってことは、あるまい。

「もうカバンに入れたってことは……？」

わたしは、山口がもう自分のブリーフケースに入れて商談に行く準備をしていないかと、一縷《いちる》の望みをかけて訊《たず》ねる。すると彼は再び首を横に振った。助けを乞《こ》うように課長を見るも、同じように首を横に振られてしまう。

「ど……、どうするのよっ⁉」

わたしは引《ひ》き攣《つ》る顔のまま、魂《たましい》が抜けかかった山口に詰め寄った。だが、埒《らち》が明かない。

えっと、だったら今しなければならないことは何？　原因究明もそうだけれど、まずは山口が商談に行けるようにしなければ――

そう思ったときに、小馬鹿にしたような声が背後からかかる。

「何やってるんですか、もう業務始まってますよね」

「伊津さん⁉」

三課のトラブルメーカーの名をほしいままにする伊津さんが、くず入れを持って……？

「伊津さん、まさかと思うけど……、ちょっと聞かせてくれるかな？」

「なんですか、またいちゃもんですか？」

彼女は、わたしが声をかけるとたちまちムッとした顔つきになった。

だがここで感情に任せて腹を立ててはいけない。嫌な予感しかしないが、くず入れを持っている理由を訊《き》かなければ。

「山口さんの机が凄《すご》く綺麗なんだけど、あなたどうしてか知らない？」

「ああ、それですか。あたしが片づけました。部長がきて、片づけろって言われたので」

「部長だと⁉」

「あの営業部長が⁉」

課長とほぼ同時にわたしは声を上げた。

詳しく訊《き》くと、いつもは営業部フロアの奥の部長室にいる部長がふらりときて、雑然とモノが積まれた山口の机を見たあと、近くにいた伊津さんに片づけるように指示したのだそうだ。こんな状態で仕事ができるのかとか、なんだかんだと。だから、毎回予算が達成できないんだとかかんとか。

確かに山口の机が、一度埋《う》もれた書類の発掘が難しい状態だったのは認める。けれど、これはなかった。

つまり犯人は伊津さん。でも彼女のせいではない――とできれば思ってあげたいが、さすがに無理だ。部長の指示とはいえ、彼女の勝手な思い込みで、この事態が引き起こされたようなものだ。

「で、あなた言われるまま片づけたの？　片づけるって――」

「片づけるって処分することじゃないですか」

「はい――!?」

どうして「片づける」ことが「処分」になるのか、わからない。

最近の若い子ってそういう短絡的な考えなの？　せめて所有者の確認が取れるまで、一時避難で段ボール箱に詰めるとかにしないの？　書類などの紙類は個人情報があるかもしれないからシュレッダーしましたって、胸張って言われても……

要は、わたしが午前中いっぱいかけて作った見積書は、不要な書類としてシュレッダーにかけられてしまったということだ。

「伊津さん、あなた――」

開いた口が塞《ふさ》がらない。わたしは瞬《まばた》きを繰り返し、パクパクと口を開閉する。長年ＯＬをやってきたけれど、こんなの初めてだ。信じられない。

課長を見ると、目もとが痙攣《けいれん》していた。

まったく部長も何をしてくれるんだ!!　いや、これもわたしの指導が足りないせいなのか!?

「すみませんっ!!　私が伊津さんを連れて休憩に行っていれば……」

休憩時間を終えて戻ってきた同じ営業アシスタントの後輩が、事態の大きさに責任を感じてか、へたり込んだ。

「……まずは椅子に座りなさいよ」

わたしは彼女を落ち着かせ、現実逃避しかけている自分の頭を懸命に働かせる。

そうだ、今しなければならないこと。最優先は――

「伊津さん、シュレッダーにかけたのは、書類だけね？」

わたしが訊《き》くと、「そんなの当たり前じゃないですか」と答える。この期《ご》に及んでも、まだ自分が何をしたのかわかっていないのだろう。まったくなんて娘だ。恐ろしい。

だがそれを咎《とが》めるのはあとだ。今すべきことは山口に予定通り商談に行ってもらうことだった。

わたしは後輩同僚に毅然とした態度で指示を出す。

「せっかく座ったところ悪いけど、不要物置き場見てきて。資材台帳があったら回収して。あと山口さんのものっぽいのがあったら、それもお願い」

「はいっ」

彼女は、はっとしたように駆け出した。

業務で発生する不要物は、フロアの隅にある棚にいったん置かれる。名称も見たまま「不要物置き場」。契約している業者がリサイクルに回せるものを廃棄するものと分別して、引き取るのだ。

「山口さん、見積書以外の被害は？」

「オレの三週間分の日報、それに添付するはずだった領収書。……今日の商談がまとまれば、今月の目標予算達成するかもだったのに」

山口がすっかり精彩をなくした顔で答える。

三週間の日報って、それじゃ日報じゃなくて週報だ、というツッコミはひとまず胸に納めておく。――よし、わたしも立ち直ってきている。ツッコミが浮かぶのは心の余裕だ。

「わかった。アポは四時だった？　会社を出るのは三時でいい？」

山口の今回の客は、ここから小一時間かかる個人宅。新築二世帯住宅を頼まれ、目下《もっか》成約に向けて内装の細部を詰めていた。

「営業所の担当者との打ち合わせがあるし、余裕持って二時に出るつもりだったんだけど……」

今、時刻は一時半だ。猶予はほとんどない。でも――

「二時ね。なら、あんたはすぐに出られるように準備しておきなさいっ」

そう言いながら、わたしは使っているパソコンのスリープ状態を解除した。

幸い、どの見積書もデータとして保存してあるから、再度プリントアウトすれば、こっちはなんとかなる。ただ、問題は、その見積に添付した資料だ。

別に頼まれていたものではないので、つける必要はないかもしれない。しかし、山口のメモから読み取った先方の好みを反映したそれは、商談の決定打にはならなくても、話のきっかけ、多少の援護射撃ぐらいにはなるだろう。特に見積が三パターンになった理由でもあるキッチン周りは、参考になるはずだ。

わたしは午前中の記憶を頼りに、資料を組み直す。江原邸の窓の変更で収集したデータも入れた。

資材サンプルは、どうやら不要物置き場から無事に回収できたようだ。遠目に、先ほど走っていった後輩が何かを抱えて戻ってくるのが見えた。

「……間に合いそう？」

「ええ」

山口に不安そうに訊《き》かれ、わたしは頷く。差し詰め「この宮原にお任せあれ」だ。恥ずかしいから絶対口にはしないけど。

だが彼はまだ半信半疑らしく、いつものチャラけた調子を取り戻せていないので、もう一押しする。

「あんたなら大丈夫。契約書作らせてくれるの全力で待ってるから」

わたしは山口を持ち上げるように言って、資料を見直していく。

こういうときこそ慌てず落ち着いて。焦りはやらなくてもいいミスをおかさせてしまうものだ。

そうやってしっかりと確認したあと、印刷のアイコンをクリックした。

「山口さん、プリンターのところで受け取って」

「わかった」

山口はプリンターから吐き出された用紙を一枚ずつ確認するように手にしていき、「宮原ー」とわたしを呼んだ。顔を向けると、彼はニカッと口もとを緩めて右手の親指を立てる。

わたしも同じように親指を立てて返した。気づいたみたい、援護射撃。

山口が課長の承認印をもらいに行く後ろ姿に、わたしは「頑張ってきなさいよね」と胸のうちでエールを送った。

「宮原さん、お疲れです」

「お疲れー」

後輩にねぎらわれて、わたしはぐだーと姿勢を崩して机に肘をつく。

休憩時間でもないのにこんな態度は駄目なんだけど、さすがに今だけは見逃《みのが》してほしい。なんだか終業までの業務に匹敵する濃い仕事をした気分だ。

だがこれで、午前中からくるわされていた今日の仕事に取りかかれる。いや取りかかりたい。

「さすがですね。皆、茫然《ぼうぜん》としてたのに、宮原さんだけしっかりしてて」

「そうでもないわよ。わたしも慌ててた」

わたしは口もとに笑みを載せる。あったはずのものが一切無くなっているというのは、精神的にかなりくるものがあった。山口も、よくぞ復活したものだ。

「あれ？　そういえば伊津さんは……」

ここでようやく、わたしは彼女をまったく無視した形になっていたことに気づいた。それだけ余裕がなかったわけだけど、ちょっとまずいかもと周囲を見回す。だが目の届くところにはいない。

「そういえば、見てないです。また給湯室ですかね。あ、この間は受付でしたっけ」

「そっちに行ってないと良いけど」

どこにこもっていようが構わないが、これ以上面倒かけることなく大人しくしててほしい、と思ってしまう。

きっと彼女は、上司である部長の指示に従っただけで、何も間違ったことはしていないと考えているのだろう。それなのにいろいろ言われ、挙句に無視されるのは理不尽であり、弱いものいじめ以外のナニモノでもないと。

そんな想像が容易にできるだけに、わたしは頭を抱えてしまう。

「宮原さん、これ頼めるかい？　それと納品日の確認だが」

おっと、今は仕事中だ。切り替え切り替え。

営業に声をかけられたわたしは、小さく首を振って背筋を伸ばした。頼まれた案件の現状を確認する。

「はい、これですね。施主様希望のタイルがメーカー在庫になくて、取り寄せに時間かかっています。――改めて催促の電話を入れておきます」

「頼むよ」

「宮原さん、発注先の工務店からなんですけど、施工スケジュールが合わないって」

営業と話をしているうちに、次の事案が発生する。

「わかった。電話回して――お電話代わりました。営業三課業務アシスタントの宮原です」

いつも通りの仕事。その対応をしながら、わたしはやり甲斐《がい》にも似た安堵《あんど》を感じる。

伊津さんのことは頭が痛いが、今は目の前の仕事に集中だ。

わたしはつくづく仕事が好きなのだなと自分に苦笑した。

人気《ひとけ》のなくなった営業フロア。終業時間はとっくに過ぎて、ただ今時刻は八時を回ったところだ。

わたしは入力していた端末から手を離すと、両手を上げてぐぐっと思いきり伸びをした。それから一気に力を抜いて机に突っ伏す。

「終わらない」

こんなはずじゃなかったんだけど……

一時間くらいで終わるだろうと踏んでいたが、読みが甘かった。それもこれも山口のせいだ。あのお調子者の性格はわかっていたのに。

あのあと、彼から資材確認の電話を受けることになるというのは、予想していた。事実、電話はかかってきた。

だが、問題はその時間だ。四時のアポイントなら、先方との話がまとまるのは五時頃かなと思っていたが、実際かかってきたのは五時四十分、業務終了五分前だった。

多分調子良く世間話に花を咲かせて、なかなか本題に入れなかったのだろう。

その上あろうことか、それから一時間近く、電話が繋がった状態で商談を進めてくれたのだ。切り忘れただけだろうが、客先とのやり取りをリアルタイムで聞けるのはとても興味深く、ついわたしはそのままにした。お陰で、先方の細やかな希望や拘《こだわ》りが聞けたことは、今後の商談をフォローするわたしにとってプラスになる。

けれど、入力は進まなかったし、こんなことなら一緒に商談に行っていたほうが、少なくとも電話代はかからなかったんじゃないかなとは思う。

見積は三パターンあるうちの二案を混ぜた形に落ち着いた。次回その新しい見積書を持ってまた話し合い、おそらく今度は契約まで詰めることができるはずだ。

――それはともかく、同じ仕事でもこっちはきついなあ。

わたしは伊津さんの席を眺めて肩を落とす。

三課のトラブルメーカーのことを考えると、溜め息を通り越して嘆きしか出ない。

（課長の立場もわからなくはないけど、わたしの立場もわかってほしいよ）

そう、午後の小休憩に入る頃、伊津さんとともにわたしは課長に呼ばれた。

どうしてわたしまで……と喉《のど》もとから出かかったが、一応この三課の営業アシスタントをまとめる立場にある以上、致し方ない。

そして、一から十までわたしが彼女の面倒を見るように言われたのだ。

配置換えを望んでも対応はなかなか難しいらしく、現状のメンバーでいくしかないと説明される。

ああ、なんてこったい。こんにゃろめ。

とりあえず、彼女には、どんなに腹が立とうがこちらの指示には従ってもらうことと、誰かに何か言われたら、まずはわたしに報告することを約束させた。

これで暴走を止められれば良いのだけど、不安は尽きない。

今日はたまたま山口の席で、たまたまわたしのところにデータがあったから即対応できたけれど、これが他の人、たとえば課長の机だったらと、考えるだけで恐ろしい。

前に伊津さんの窓口をお願いした後輩は、今日の件でさすがに無理と音を上げた。

「ああもう!!　切り替え切り替え!!」

わたしは立ち上がり、給湯室に向かう。ドリンクの自動販売機で砂糖とミルクたっぷりのカフェオレを購入しようと思ったのだ。

夜の会社は、照明が皓々《こうこう》としていても、そこそこ不気味。カツカツと響く自分の足音さえも意識してしまう。

でも人がまったくいないわけではない。三課で残っているのはわたしだけでも、同じフロアには二課の課長がまだいるし、上の階の設計部にはもっと人が残っているはずだ。

そして、やっぱりわたしは彼のことを考えてしまう。

室生さん、どうしただろう――

あとで連絡するといった彼からメールがあったのは、課長に伊津さんの教育を頼まれている最中だった。本来は小休憩だったから、その時間にメールをくれたのだと思う。

でも、課長の前でスマホの確認などできるはずがなく。席に戻ったら戻ったで、やっぱり仕事が立て込んでいた。

そうしてわたしがやっとのことで着信を確認できたのは、山口の電話が切れたあとだ。つまり、六時半過ぎ。

仕方がなかったとはいえ、無視していたみたいで心苦しい。すぐに残業だと返事をしたけれど、その後、室生さんからの連絡がないのも気になる。

給湯室に着いたわたしは、入り口横の電灯のスイッチをパチンと入れた。蛍光灯が白色の明かりを灯す中に、足を踏み入れる。

「カフェオレ……」

二十四時間フル稼働している販売機に小銭を入れて、カフェオレのボタンを押した。いつもは砂糖少なめだけど、疲れているので思いきって増量を選ぶ。今、カロリーは考えない。

「あつっ」

カップに注がれたカフェオレを取り出して、さっそく味わおうと口をつけると、予想以上に熱かった。

仕方なくシンクのステンレス台の上にカップを置き、スマートフォンを取り出して着信を確認する。今は残業中で一人、咎《とが》める者はいない。

でも受信しているのはどうでもいいダイレクトメールばかりで、室生さんからはなかった。だよね。これでメール待ってるなんて、どれだけ厚かましいの、わたし。

（あーあ、行きたかったかも……）

室生さんからのメールを読み直し、待ち合わせ場所として挙げてある〈ラグタイム〉という店を改めて思い出す。あの日、二軒目に連れていってくれたバーだ。メールには、住所と最寄り駅からの行き方が細かく書かれていた。

わたしはどうしたら良いのだろう。彼とどういう関係でいたいのか、どうあるべきか、わからない。一夜限りの人とすっぱりと思い切ろうにも、心はそうではなくて。

このまま好きでいれば、わたしは彼を求めてしまう。わたしだけを見て、わたしだけを愛してほしいと、我がままに。

でも彼は――……

あれだけ仕事ができて女性に人気。だから、何度考えても、悩む。そんな人が、どうしてわたしにって。要は自分に自信がないのだ。恋愛において。

自分を無闇に卑下《ひげ》したくはないのだけれど、女としての魅力を考えると、どうしても素直に信じられない。だいたい男に甘えるとか、そんな可愛げが自分にあるとは思えないし、性格を鑑《かんが》みても癒やし系にはほど遠いと自覚している。

わたしだってこの年まで何もせずにきたわけではない。散々な初体験を引《ひ》き摺《ず》っていたとはいえ、ずっと恋がしたかった。

でもたいてい良いなと思う人がいても、その男性が理想とする女性と自分との違いを見つけてしまい、気持ちが始まる前に終わるのだ。

そんなところに現れたのが、室生さんだった。

あのとき酔っていろいろ緩くなっていたから、彼は雰囲気に流され、つい一線を越えてしまったのだろう。それ以上でもそれ以下でもない。彼はわたしのセカンドバージンを受け止めてくれただけ——と、そんなことを考えていると、胸がズキリとした。

彼の気持ちはどうあれ、わたしは好きだと感じた心のままに求めた。意識したばかりの感情でも、その想いは確かに恋だ——

「室生さんの馬鹿」

「ふうん？　馬鹿、ね」

「——っ!!」

突然声が聞こえ、そちらに目をやると、戸口近くに室生さんが立っていた。

驚いたわたしは、息を呑む。いや息を呑んだどころではなく、息が詰まる？　息ができない。

「あ……、う、う……、んぐっ、うう」

「どうした、瀬理奈⁉」

「あふっ、ひぅー」

わたしは大きく息を吸って吐いた。

「深呼吸？　何やってるんだ。驚かせるな」

慌てて入ってきた室生さんの声は、少し上擦《うわず》っていた。

「だってっ、む、室生さんがっ――直帰じゃなかったの？」

二課の予定ボードには直帰と書いてあったので、彼が現れるなんて予想してもみなかった。

「瀬理奈が残業してるとメールしてきたから、俺も社に戻ることにしたんだ」

「あっ」

室生さんに背中をさすられて、気づくとわたしは彼の腕の中だった。そのまま抱き締められる。

やだ、これ心地良い。全身に張り巡《めぐ》らせていた気が、すうっと緩んでいくみたいに感じる。

わたしは込み上げてくる何かを懸命に嚥下《えんげ》しながら、さっきまで悩んでいたことなど忘れて、広い胸に顔を埋《うず》めた。

室生さんは、そんなわたしの頭を小さな子にやるように撫《な》でてくれる。

「三課、大変だったそうだな」

「え、なんで……」

知ってるの？　室生さんは昼からいなかったでしょ？

わたしはピクリと窺《うかが》うように顔を上げた。すると、あまりにも近くに端整な顔があり、とくんと鼓動が跳ねる。慌ててまたすぐに顔を伏せた。頬が赤くなっていなければいいけど。

「俺にも、それくらい教えてくれるヤツはいる」

そうなんだ。普段あまりにも素っ気ないから、てっきり孤高の営業マンを極めているのかと思っていた。

「……何か失礼なこと考えていそうだな」

「えっ、な、何も、別に……。だ、誰に聞いたの？」

「君のところの山口と出先の駅で会った。俺と顔合わせるなり、『今日の商談決めて、今月は三課がトップ取ります』と宣言してね」

「山口がそんなこと言ったの」

「ああ、『三課には女神がついているから、どんなトラブルにも負けない』とも言ってたな――女神って瀬理奈のことだろ？」

「ぶふっ！　な、何？　め、めが……、めが……」

駅で会ったって、山口、外で何言っちゃってるの？

さすがにこれには、顔を上げる。メガミって「女神」で合ってる？

「目がどうかしたか？」

「じゃなくて!!」

なんなのよ、そんな小っ恥ずかしさ全開の言われ方は⁉　だいたい、そういうことを営業のエースに言う⁉　山口、いったいどうした⁉

これはきっちり指導しておく必要がある。そんな呼ばれ方をされていると、さらに女子の反感を買うのは必至ではないか。

「夕方、会社に連絡入れたとき意味がわかって納得したよ。そういうことなら女神だな、うちの課にもほしいくらいだ。――瀬理奈が残業になったのもそのせいなんだろ？」

室生さんは、定期連絡を二課の営業アシスタントに入れたとき、三課の話を聞き及んだようだ。

「残業はまあそうなんですが……、でも、女神なんて呼ばないでください。恥ずかしすぎます」

「女神か――、確かに君は女神だな」

「話聞いてます？　呼ばないでって言いましたよね」

わたしはいつもの調子で言葉を返す。室生さんとのそんなやり取りが楽しい。

やっぱり好きだ。そう感じた。こんなどうでもよさそうな会話でさえ、心が浮き立ってきてしまう。

「だが俺以外の男の女神になるのは面白くないな」

「ちょっ、意味わかんない……」

そもそも課が違うのだから、三課のわたしが二課の女神なんてあり得ない。何言ってるんだと思いながらも、胸がきゅんとする。

どうしても緩んできてしまう口もとを必死に抑えていると、不意に顎《あご》をつかまれた。

「こういう意味だ」

「はぅ⁉」

いったい何が？　わたし、どうなってるの？

突然、唇を重ねられた。あっという間だ。

嘘⁉　どうして⁉　ああ、ドア全開じゃないの‼　いくら残業中で人が少なくったって、誰もこないという保証はない。こんなとこ誰かに見られたら――

「あふぅ」

気が気でないのに、わたしは少し熱を帯《お》びた吐息を漏らしていた。

「せりな」

やだ、そんな甘い声で名前呼んじゃ……

室生さん、さっきからずっとわたしを名前で呼んでる。それが嬉しくて……

わたしは彼の肩に手を回し、おずおずながらも応えた。もっと唇を吸ってほしい。舌を搦《から》め合いたい。

体の奥に、ぽうっと情欲の火が灯る。

「女神の唇は甘いな」

だから女神なんて呼ばないでって言ってるのに。

重ねた唇が角度を少しずつ変えて深くなっていった。舌先で歯列をくすぐられ、舐《な》め回されると、背筋がゾクゾクする。

「やぁ、んん」

唇を甘噛みされ、吸われるのも気持ちが良い。

「まずいな。このままだと、ここで押し倒してしまいそうだ」

室生さんの手が背中から腰、そしてお尻へ下りてきた。スカートの裾をたくし上げ、中に潜《もぐ》り込《こ》んでくる。

でも、ここは会社。駄目、それ以上はやめて――

「はぅんっ、ん、あっ」

そう思うのに、腿《もも》をさわさわと撫《な》で上げられて、わたしの体は反応していた。脳裏《のうり》には、しっかり一週間前のことがよみがえってくる。

「瀬理奈、仕事はあとどれくらいだ？」

「……月曜日、死ぬ気でやればなんとかなりそう……、かな」

何言ってるの!!　仕事を先延ばしなんて、らしくないこと言って。お願い理性、役目を果たして。

「そうか、じゃあ――」

室生さんが耳もとで囁《ささや》く。

わたしはうぶなオトメのように頬を染めて、頷く以外の選択ができない。

そしてわたしたちは何食わぬ顔で席に戻り、それぞれ帰り支度を始め、互いに素知らぬ顔で会社を出たのだった。

室生さんの部屋にくるのは先週に続いて二度目だ。

わたしは初めてのときと同じように彼のベッドの上で、肌をさらしていた。

足を左右に大きく広げられているのも同じ。違うのは、足の間に室生さんが顔を埋《うず》めているってことで——

「はぁ……やぁ……、んん、だ、駄目……ぇっ」

室生さんに秘裂を舐《な》め回されて、わたしは背中に敷いたシーツを握りしめる。自分でも信じられないくらい甘ったるい声を上げていた。恥ずかしくてたまらないのに抑えられない。

「瀬理奈のここ、ぐっしょりだ」

「やだぁ、そんなこと——」

言わないでよ。そんなの室生さんのせいじゃないの。

でも今夜のわたしは本当に感じやすくて、敏感な部分を触られる前から、体が反応していた。

玄関のドアを開けたときから、その兆候はあった。いや、タクシーに乗っているときからかも。

会社は先週と同じように別々に出たし、このときのわたしはまだ落ち着いていた。まるで人目を憚《はばか》る社内恋愛をしているみたいだと思う余裕があったくらいだ。

タクシーの中ではランチのときみたいにずっと手を繋いでいて——

そうだ、この辺りからだ。

絡めた指から伝わる温《ぬく》もりが、なんだか切なくて胸がきゅんとして。

後ろに流れる夜景に、室生さんのマンションが近づいていることを教えられると、一緒に過ごしたあの夜が思い出されて……

あんなにも室生さんとは距離を置くのだと、あれこれ理由をつけて言い聞かせたのに、給湯室でのキス一つであっという間に火のような官能を覚え、すべて徒労となる。

自分がこんなに流されやすいなんて知らなかった。

玄関に入ると、放り出すように靴を脱いで部屋に上がり、昂《たかぶ》る気持ちのまま口づけ、互いの着ているものを脱がせた。先週と打って変わって性急に求め合う。

現に室生さんは、「今日は優しくできそうもない」と言った。

リビングに続く廊下にも、ソファやラグにも二人が脱ぎ散らかした服が散乱している。最後まで着けていた下着は、ベッドに倒れ込んだときに剥《は》ぎ取られて、投げられた。ストッキングが破れたかもしれない。

そうして体を露《あらわ》にしたわたしに、やはりすべてを脱ぎ去った室生さんが覆いかぶさる。

彼に見下ろされると、下腹が絞られるように疼《うず》いた。体が彼に穿《うが》たれ満たされたことを覚えていた。

でも室生さんは、そんなわたしを焦《じ》らす。この間はできなかったからと言って——

唇から胸へと口づけながら、下肢へ体をずらしていく。臍《へそ》を舌で突《つつ》かれ、微妙な感触に喉《のど》を鳴らす。すると彼は、さらに下へ唇を移して、足のつけ根に辿り着いた。そして、わたしの足を割って秘裂をあばく。

室生さんが見ている——そう思っただけで、わたしの体は蜜を溢《あふ》れさせる。

見ないでと頼んだのに、あろうことかそこに顔を近づけた。

感じた吐息に、たまらずわたしは目を閉じる。

初めは指で撫《な》でられて擦《こす》られて蜜を塗り広げられた。さらには秘裂を左右に広げ蜜口に――指とは違う柔らかなものが入ってくる。それが何かすぐ理解した。

彼の舌だ。

「やっ、だ……め……、そんなところ……っ」

わたしは、上がってしまう嬌声《きょうせい》の合間に、舐《な》めないでと懇願する。けれど、聞いてもらえない。

仕方なく、逃《のが》れようと足をばたつかせるものの、しっかり腿《もも》を抱え込まれていて、それ以上身じろぎできなかった。

「瀬理奈のここ、綺麗な色をしている。口でしたかったんだ」

「はぅっ」

やめてー。そんなこと言わないでー。「口で」なんて、恥ずかしすぎる。

わたし、あなたと愛を交わすの、まだ二回目なんです。こんな上級者向けについていけるわけないじゃないの。

そう思うのに、わたしの体は不届きにも、彼の口づけに応えるように蜜をいっそう溢《あふ》れさせていった。

そして室生さんは、さらにハードルを上げる。

「ああっ!!」

彼は指を使って、秘裂の始まりに隠れていた肉珠を露《あらわ》にした。それだけでも電気が走ったように感じてしまったというのに、そこにも唇を寄せる。その上、舌で舐《な》めて突《つつ》いた。

「やあ——っ!!」

まるで神経を直接触られたように、痺《しび》れが全身を駆け抜け、体が跳ねる。

さらにぐちゅぐちゅと淫《みだ》らな音を立てて肉の突起をねぶられ、秘裂を割った指が蜜口から入ってきた。

「ひゃあ、あ、あ、ああ……っ、あ……」

わたしは室生さんの指をやすやすと呑み込んでいく。彼の指は縦横にうごめき、浅瀬を擦《こす》り深くを突いて、隘路《あいろ》を広げた。

「ひぅ!! ——ああっ!!」

不意に全身を強烈な痺《しび》れが貫《つらぬ》き、一際高い声が喉《のど》から迸《ほとばし》る。

肉珠を吸い上げられたのだ。

わたしはつま先をピンと反《そ》らし、背中を浮かせた。

「駄目……、そ、それ……強すぎ……わ、わた……し……ヘンに、な、なるぅ、んあっ」

駄目と言いながら、甘ったるく喘《あえ》ぐ。

「変になればいい。可愛いよ。もっと感じて……、んっ、瀬理奈を見せて」

「感じ……て……、あぁ」

なんてことを言ってくれるの。もう充分感じているのにこれ以上なんて。

「瀬理奈のここ、膨《ふく》らんできた」

「膨《ふく》ら、んで——？　んっ、あ、な、何が……っ、あぁんっ」

何を言っているのか考える余裕はない。中を撫《な》で擦《こす》られ突肉を舐《な》め転《ころ》がされて、わたしはなぶられるまま嬌声《きょうせい》を上げ続ける。

痺《しび》れが悦《よろこ》びとなって官能を引き出していった。

高まる気のまま視界が滲《にじ》み、天井の照明が二重写しに見える。

「や……っ、な、何か——、く、くるっ、んあ……、あっ、ああ——……」

体の中で渦巻《うずま》きせり上がってくるものに呑み込まれ、わたしは大きく仰《の》け反《ぞ》った。

がくがくと震えが止まらない。頭に真っ白な靄《もや》がかかって、一瞬意識が途切れかけた。

いったい今、何が起きた？　わたしはどうしたの？　目蓋《まぶた》の裏がチカチカしてる。

ふと気づけば、室生さんに顔を覗き込まれていた。

「瀬理奈、大丈夫か——」

「……ん」

わたしは頷く。

そうか、これがイッたということなの……。全身がひどく気怠《けだる》かった。

見詰められる気恥ずかしさから目を逸《そ》らすと、視界の端に彼の腹で反《そ》り返《かえ》る昂《たかぶ》りを捉《とら》える。

これはアレだよね。うん、わかってる。

「わたし……、もっと、あなたがほしい」

「──っ、いい度胸だな。そんな煽《あお》ること言うと、あとで泣いても知らないぞ」

室生さんの上からの物言いが照れ隠しであることに、わたしは気づいていた。

「平気。あなたは優しいもの」

彼に向かって腕を伸ばし、頬を撫《な》でて髪に指を入れる。

「だから優しくできないと……」

「うん。……圭佑さんの思うようにして」

「瀬理奈が俺の息の根を止める」

「何、それ」

「殺し文句だってことだ」

ちょっとした軽口で緩やかに笑い合う。わたしが慣れていない行為で緊張しないように気を解《ほぐ》してくれているのだ。

ほらね、あなたは優しいの。愛してるとは言ってもらえないけれど、わたしの想いはここにある。それで充分な気がした。

室生さん──圭佑さんは体を起こし、ベッド脇のサイドボードに手を伸ばして引き出しから小箱を取り出す。

それを目で追っていたわたしは、つきりと胸に刺さるものを感じた。おそらくわたしのために用意してあったものじゃない。過去、もしかすると現在進行形の誰かのためのものだ。あの口紅の持ち主かもしれない──……

でも今はわたしのために使ってくれる。

誰かのものかもしれない人と抱き合うのは罪だとしても、わたしは自分を抑えることができない。

これが「恋愛罪」なのかなと、先日読み終えたロマンス小説が浮かんだ。

――第一級恋愛罪の成立。わたしを弁護してくれる人はいない。

「瀬理奈」

避妊具を装着した圭佑さんが、わたしの足を抱えて蜜に濡れた秘裂に昂《たかぶ》りを宛《あ》てがった。

「ああっ」

蜜で濡れた秘裂を数度突いて、熱で膨《ふく》らんだ圭佑さんがずぶりと入ってくる。さっきまで中を擦《こす》っていた指とは比べものにならない質量で、隘路《あいろ》を押し広げた。

「瀬理奈……、痛くないか？」

わたしは首を横に振る。痛くない。けれど、こうしてわたしの体を気にしてくれる圭佑さんになら、たとえ痛くても構わないと思った。

「あぁ、んくぅっ」

ずくんと、それ以上は進めない最深まで穿《うが》たれる。腹の中のものが押し上げられるようなこの感覚にはまだ慣れないものの、それを補《おぎな》ってあまりある幸福感だ。

これが繋がるということ。

「――っ。瀬理奈の中。しっとり締めつける。きついか？」

「へ、平気……、ね、動いて？　あなたがほしい」

「さっきから、どうした？　俺が喜びそうなことばかり言って」

「あなたといて嬉しいからよ」

手痛い初体験からずっと空虚《くうきょ》だったわたしの中に彼がいる。満たされている。それを実感していた。

「まったく、無自覚にもほどがあるだろ。困った女神だ」

「だから、女神はやめてよ」

何に困っているのかわからないけれど、ここで女神発言なんて冗談がすぎない？　でも、圭佑さんに呼ばれるのは、ちょっと嬉しい。

「そろそろ良いか。俺ももう限界だしな」

「え……」

動くぞ、と言って彼がゆるゆると腰を使い始めた。

ああ、もう。やっぱり圭佑さんは優しい。さっきイッたばかりのわたしを気遣って、楔《くさび》に体が馴《な》染《じ》むのを待っていてくれたのだ。

何が優しくできないだ。これが優しさじゃなかったら、何を優しいと言えば良いのだろう。

また胸がきゅんと詰まった。

圭佑さんの内面に触れて、どんどん嵌《は》まっていって、怖いくらい恋している。

もう罪でも罰でもどんとこいという気分だ。こんなに素敵な人に恋しないほうがおかしい。むしろそのほうが罪だ。

「うっ」

切なさを覚えて唇を噛んだわたしに気づいて、圭佑さんが動きを止めた。

「瀬理奈、体がつらいのか？」

本当にこの人は優しい。気遣いすぎよ。

「違うわ。もう早くあなたをちょうだい。あなたを感じたいの」

「……仰せの通りに――、女神……っ」

「女神ってまた――あぁっ、あ、あ、あ」

わたしの言葉に少し戸惑いを見せた圭佑さんが、すぐに腰を使いだす。中を擦《こす》る剛直は灼熱《しゃくねつ》の肉楔となって、わたしの体に律動を刻んだ。

浅瀬を抉《えぐ》って蜜洞の秘められた官能をあばき、最奥の止まりを突き打つ。

揺さぶりが速さを増すと体が跳ね、わたしは圭佑さんにしがみつこうと手を伸ばした。けれど、滴《したた》る汗で滑って手がシーツに落ちてしまう。仕方なくシーツを握り締める。

「あ、あ、あ……、ね、ねえ、お願い……、キ、キス……して」

「キス？」

喉《のど》から上がる甲高《かんだか》い声が恥ずかしくて、でも自分では口を閉じていられなくて、わたしは口づけをせがんだ。

「あふぅ、っ、は、んあ、あ」

すぐに唇が下りてくる。圭佑さんは目蓋《まぶた》に、頬に、鼻先にとキスの雨を降らせ、最後に唇を重ねた。

舌を差し出し搦《から》め合うと、彼の唾液が口内に流れ込む。わたしは喉《のど》を鳴らしてそれを嚥下《えんげ》した。

「瀬理奈……っ、そんなに、締めるんじゃない」

「んん――、んあ――」

締めるなと言われても、自分ではよくわからない。

でも、苦しいのだろうかと圭佑さんを見上げた。彼は眉を寄せながらも、どこかうっとりとした表情で、熱い息を吐き出している。

これって、感じている？　感じてくれているの？　わたしの中で、圭佑さんが。

――嬉しい。

わたし自身は、これが気持ち良いのかどうかまだよくわからない。

けれどやはり感じているのだろう。穿《うが》たれた楔《くさび》が中を擦《こす》るたびに、猥《みだ》りがわしい嬌声《きょうせい》を上げてしまうのだから。

「あ、あ、ああ……、ああっ」

「くぅっ、瀬理奈――」

いよいよ圭佑さんの腰使いが激しくなり、ぱつんぱつんと肉がぶつかる音も大きくなる。わたしは受け止めるだけで精いっぱいで、もう何も考えられなかった。

「あ、あ、ああ、んぁ、やあ、あああ――」

最奥をがつがつと突き上げられ、何かの前兆のように彼を迎える隘路《あいろ》がびりびりとわななく。不意に腹の奥が絞られた。

「くぅっ」

圭佑さんがあれほど激しかった動きを止めて小さく呻《うめ》く。それが、彼が恍惚《こうこつ》を極めた瞬間だった。

しばらくすると抱えられていた足が下ろされ、圭佑さんがわたしに被さってくる。

「せりな……」

少しかすれた甘い声でわたしを呼ぶ。

「け……すけ……さん……」

啄《ついば》むようなキスをされ、わたしは胸の奥からとめどなく溢《あふ》れてくる思いのまま、彼の背中に腕を回して抱き締めた。

満たされている。この揺蕩《たゆた》うような心地良さ。肌が合わさる感触は、どんな最高級のシルクよりも気持ち良い。

意識が曖昧《あいまい》になりながら、わたしはゆっくりと目を閉じた。


カフェオレを給湯室にそのままにしてきたことに気づいたのは、圭佑さんの腕枕でうとうとしていたときだった。

「あ――!!」

「瀬理奈?」

いきなり声を上げたものだから、圭佑さんが驚いた顔でわたしを覗き込む。

「ごめんなさい。ちょっと思い出したことがあって」

「山口か？」

「えっ⁉　違うわよ」

なぜそこに山口の名が。

突拍子もないこと言わないで、と強い口調で返すと、圭佑さんがこれまで見たことのなかった気まずげな表情を作った。

「忘れてくれ。つまらないことを言った」

「そんなふうに言われたら、余計気になる」

「――失言だ。忘れろ」

「無理」

抱き合っている相手から、他の男の名を出されるわたしって、何？　すっごく尻軽みたいじゃないの。

わたしは食い下がって訊《き》く。

「すまない、ちょっとした嫉妬《しっと》だ」

「シット？」

って――ええっ⁉　圭佑さんがっ⁉

「瀬理奈があいつをフォローする立場なのはわかってるんだが、ああも自慢げに言われると、ちょっとな」

「山口、何を言ったの？」

女神だけでも恥ずかしいというのに、自慢？　わたしを？

「……三課の女神」

「それだけじゃないわよね？」

「俺には負けないそうだ――売り上げでトップを取って、それが無理でも営業として結果を出して、いつも後方支援を頑張っている瀬理奈に応えるんだと言っていた」

売り上げの話は会社で聞いた。はりきって仕事をしてくれるのは、同じ課の者として喜ばしいけれど――わたしに応える？　それって、二課の圭佑さんにわざわざ宣言すること？

「山口はただの同期なんだけど」

「同期だというのは万由里嬢から聞いた」

「はあ!?　万由里に!?　いつ？」

「電話したんだよ。小休憩中だから、すぐにメールの返信がくるだろうって思っていたのにまったくこないし、気になって受付に」

「あの？　圭佑さん？　それって私用……」

圭佑さんはばつの悪そうな、微妙な顔つきになっていく。

さっき彼は、嫉妬《しっと》だと言った。わたしは、期待して良いの？

いや駄目だ。ただの所有欲かもしれない。自分が関係した女に他の男の影がちらついたら、面白くない的な。

それでも、嬉しいと思うわたしは、なんていじましい。

「何をやってるんですか、まったく。そんな心配しなくていいです。わたしは――」

あなたのことが好き――そんな言葉が自然と口から零《こぼ》れた。

「瀬理奈……っ」

圭佑さんががばっと体を起こした。枕にしていた腕を抜かれて、わたしの首がかくんとなる。

「ごめんなさい、わかってるんです。迷惑ですよね。こんなこと言われても」

「は？」

どうしていきなり告白しちゃったの、わたし。圭佑さんが驚いちゃってるじゃないの。

慌てて口を押さえるけれど、もう遅い。これでわたしも問答無用のバッサリ決定だ。

「洗面所に、口紅がありました。――だから、わかってます。わたしとは体だけだって」

ぐずぐずになる前に、ちゃんと言おう。弁《わきま》えるのだ。

「体だけって、おい!?　口紅？　洗面所……口べ……あっ!!」

何のことかわからないと言いたげに怪訝《けげん》そうな顔をしていた圭佑さんが、合点《がてん》がいったとばかりに大きく頷く。

どうやら気づいたようだ。けれど、意外だった。なんでもそつなくこなす人だと思っていたのに、口紅なんていう絶対的な痕跡をそのままにして忘れるとは。

「誤解だ、瀬理奈。あの口紅は俺のだ」

「はい？　え？　圭佑さんの……？」

衝撃の告白⁉　まさか隠れて化粧をする趣味が……？

わたしは瞬《まばた》きもせず、目を見開く。

「またロクなこと考えていないな。言ったよな」

「え？」

わたしに被さるように両脇に腕をついた圭佑さんに、上からしっかと見下ろされる。

言った？　わたしに……。なんだっけ？

「口紅だけじゃない。化粧品は一通りそろっている。メーカーもそれなりにな」

「えーっと――、あっ⁉」

「わかったか」

そうでした。圭佑さんは化粧品のにおいアレルギー。原因を突き止めるために、いろいろ試《ため》したと前に話してくれていた。

洗面所にあった口紅は、誰かの忘れ物でも泊まり用のものでもないなら、そもそもそんな人はいないということだ。

「まったく、瀬理奈は俺を振り回す天才だな。好きだと言って喜ばせたかと思ったら、体だけなんて口走るし」

圭佑さんが目を眇《すが》めた。眉間にも皺《しわ》が寄っている――これは怒ってる？

「わ、わたし、圭佑さんから何も聞いてないし……」

その顔、怖いです。さすが、告白する女子をバッサリ断ってしまう孤高のエース、超クール。

でもわたしは、そんな顔も素敵だと感じていた。

とことん恋するオトメ、重症だ。

「そうか、言ってなかったか。わかれよ、それくらい、ったく」

やれやれと項垂《うなだ》れてから、眉根を緩めてふっと笑みを浮かべた圭佑さんの眼差《まなざ》しは、とても優しかった。

「瀬理奈が好きだ。アレルギーのことを話したのは、そのときはもう、自分でも気づかないうちに瀬理奈を意識していたからだろうな」

「嘘」

彼の告白をわたしは一言で返す。わたしを好きだなんて、信じられない。

「嘘ってな……。なら瀬理奈は、自分を好きでもない男に抱かれたのか？」

「それは――。わたし、ずっと自分は女として欠陥品だと思ってて。あなたはモテるし、もっと相応《ふさわ》しい女性がいるんじゃないかって、アレルギーが出ないのが珍しかっただけの興味本位だったとしても、イイかなって」

わたし何言ってるの、支離滅裂の滅茶苦茶。

本当は言葉にされていなくても向けられる好意に気づいていた。仕事中、ふと感じる視線にも。

それをあれこれ屁理屈つけて否定したのは、自分に自信がないからだ。仕事なら胸張って頑張っていると言える。でも女としては――

先週、圭佑さんと関係を持ったことで過去と決別したつもりになってもまだ、長年の屈折した思いは簡単にはなくなっていなかった。

「瀬理奈がそんなふうに感じていたとは、ショックだ。いや、わかってると思って最初に言わなかった俺のせいだな」

「ごめんなさい。あなたの好意に気づいてないわけじゃなかった。でも、信じるのが怖くて……」

だから知らない振りをした。もし、万が一違っていて、すべて恋するあまりの妄想だったらと、怯《おび》えていた。

「……女として欠陥品？　瀬理奈がそう思うようになってしまったのは、最初の男のせいなんだな。忌々《いまいま》しい。いいか、そいつのことは忘れるんだ。俺が瀬理奈の初めての男だ」

圭佑さんは肘を折って、わたしに隙間なく覆いかぶさると腕の中に閉じ込めた。

「わたしの初めての……」

圭佑さんがわたしの初めての男。

やだ、こんなの嬉しすぎる。

「瀬理奈、順番が前後してしまったが――」

――愛してる。

圭佑さんの唇は間違いなくそうかたどり、わたしの耳に言葉を届けた。

「圭佑さ……ん……」

胸の奥から想いが溢《あふ》れて、わたしの目を潤《うる》ませる。

「結構泣き虫なんだな、瀬理奈は」

「だって、それはあなたが……」

閉じ込める腕が強くなる。

「好きだよ。いろいろ諦めていた俺にとって、君は女神だ」

「わたしも……、あなたが……。でも女神はやめて」

いろいろ諦めてって、なんのことか気になるけど、そんなことより女神は恥ずかしい。わたしはそんな大そうな人間じゃない。

「女神じゃなかったら、天使か？」

「それも嫌」

「じゃあ、救世主？」

「ふざけてます？」

「いや……、それくらい想ってるって言ってみたかっただけだ」

なぜか圭佑さんは面白くなさげに、口もとを歪める。すぐに元に戻したけど。

「……そうですか」

圭佑さんも山口のように、誰かにわたしを女神だと言い回る？　まさかね、そんな恥ずかしい真似するわけないか。

「――で、さっき何を思い出したんだ？」

「え？　思い出したこと？　ああ、大したことじゃないんだけど、カフェオレをね、給湯室にそのままにしてきちゃったなって」

「カフェオレか。ワインで手を打たないか？　それからパスタくらいなら作れるが食べるか？」

「え、パスタ？」

パスタと聞いた途端、わたしは空腹であることに気がつく。

「作ってくれるの？」

ベッドヘッドのデジタル時計は二十二時五十三分を示している。この時間の炭水化物は、ダイエット的にはまずい。でも圭佑さんが作ってくれるなら――いや、わたしが作ろう。料理の腕前は可もなく不可もなくだけれど。

「茹《ゆ》でてレトルトのソースをかけるだけの簡単なもので良ければ」

「じゃあ、わたしが作るわ」

なおさら、わたしがしないと。それくらいなら問題なくできる。

「いいよ。瀬理奈にはやってほしいことがある」

「後片づけ？」

圭佑さんの言葉を受けて、先回りして言う。食事を用意してくれるなら、わたしが片づけだ。そういうのも悪くない。

「いや」

だが違っていたようだ。圭佑さんは、わたしをたっぷり見詰めたあと、頬に口づけそのまま耳もとで囁《ささや》く。

「え――……」

わたしは真っ赤になった。胸の鼓動も速くなる。

本気で一晩中？　明日も？　わたしを？　ベッドから出さないって……

会社帰りの着の身着のままで着替えがないのに、泊まれって言うの？

下着は洗って干しておけば良いと言われても。化粧品なら買い込んだもので未開封のものがあるから大丈夫って……。そんなこと言って、アレルギー平気なの？

「瀬理奈を甘やかしたいんだ」

「甘やかしたいなんて」

さすがにエースはソツがなかった。下着が気になるなら買ってこようかとまで言われる。

いやね？　男の人に下着を買ってきてもらうって心情的に無理だからね？

でも、蕩《とろ》けてしまいたくなるほど柔らかに微笑まれては、もう否とは言えない。

かくしてわたしは、先週に続いて今週もお泊まりが決定したのだった。

【6】

月曜日、わたしは普段よりも早く出社した。

放置したカフェオレを片づけるためと、金曜日途中で放置してしまった仕事を少しでもやっておこうと思ったのだ。

制服に着替えて営業三課に行く。まだ誰も出社してきていないフロアは静まり返っていて、残業のときとは違い、清々《すがすが》しさを覚えた。ブラインドから差し込む陽の光のせいだろうか。

そんなことを思いながら、まずは目的を果たそうと自分の席に私物を置く。ついでにパソコンを起動させたあと、給湯室に向かった。

給湯室では、カフェオレのカップがシンクの上に置いたままになっていた。

わたしは中身を流しにあけ、排水口に流れていくマーブル模様を見詰め、思い出す。

(ここで、圭佑さんとキスした)

わたしの顎《あご》をクイッと持ち上げて。扉の向こうには、残業をしている人がいたのに。

「あっ」

知らず唇に指先を這《は》わせたわたしは、息を漏らす。口紅を塗っていたことを忘れていた。

人差し指と中指にペトリとついた赤い色を目にして、溜め息が零《こぼ》れる。

なんだかここにくるたび思い出してしまいそうだ。触れた唇の柔らかさや、差し込まれた舌のしなやかさ。それから彼と過ごした濃密な時間。何度もキスをして、体を繋げて……

（あ、駄目――）

わたしの脳裏《のうり》は、一気に圭佑さんの部屋での年齢制限ありまくりのシーンを再生する。ＶＲゴーグルがなくたって臨場感いっぱい、感覚まで再現できてしまう。

朝から何を思い出しちゃってるの。胸を揉みしだかれたとか、ツンと強張った乳首を舐《な》め転《ころ》がされたとか。臍《へそ》を突《つつ》かれ、一番敏感な秘部にも舌を這《は》わされて、ジュクジュクにされたとか。

ドクドクと鼓動が速くなってしまったわたしは、たまらず奥歯を噛み締める。

そう簡単には脳内から追い出せない。至れり尽くせり愛されて、甘やかされ続けた週末。あのまま一緒に出勤もあり得そうだった。さすがにそこまで分別のないことはできないと、日曜日、家に戻ったわけだけど……

「あ」

そのときポケットに入れていたスマートフォンが着信を告げた。

取り出して画面を見ると、表示されたのは圭佑さんから「おはよう」のメッセージ。

（圭佑さんたら）

たったそれだけのことで、わたしは熱のこもった吐息を漏らし、胸を弾《はず》ませきゅんとする。

なんだか幸せすぎて怖い。これがすべてわたしの妄想だったらどうしよう、そんな馬鹿なことを考えてしまう。

もう一ミリも動けないほどくたくたになるまで愛され、幾度も彼を下腹の奥に迎えたというのに。

きっとこれは、わたしがまだ彼をよく知らないせいだ。

だからこれから、二人の時間を重ねてわかり合っていけば良いのよね、圭佑さん。

「返事しなくちゃ」

メッセージを見たことは通知が行く。何か送らなければ——と、スマホの画面をタップしようとして、目の端で人影を捉《とら》えた。

「返事を待ってるんだが」

そこにいたのは、見間違えるはずのない圭佑さんだ。金曜の夜と同じように、戸口の横に立っている。

「けい……あ、室生さん……!?」

名前を言いかけたわたしは、ここは会社だと気づき、名字で呼ぶ。週末ずっと名前で呼んで、すっかり馴染《なじ》んだ呼び方でも、社会人としてのけじめは大事だ。

「どうしたんですか？　こんなに早く」

まるで遠距離恋愛の恋人たちの再会のようだと、心拍数が上がる。

昨日だって昼まで一緒にいたし、一人きりだったのは一晩なのに。

圭佑さんと過ごした二日間でここまでの気持ちになるなんて、わたしどれだけ夢中になってるの。

「カフェオレをそのままにしてきたって気にしてたからな。きっと早めにきて片づけると思った」

言いながら、圭佑さんが中に入ってくる。

だから早くきたの？　そんなこと言われたら、まるでわたし会いたさ、みたいに聞こえるんですけど。

そう思ったときだった。伸びてきた手が顎《あご》にかかり、上を向かされた直後、唇が重なる。金曜日、ここでキスしたときと同じように。

「はぅ!?」

って!!　ちょっと待って!!

わたしは圭佑さんの胸をぐっと押しやる。

「っとに!!　何考えてるのよ!!」

「何って、瀬理奈を見てたらキスしたくなっただけだが」

んなこと、いけしゃあしゃあと答えるんじゃないっ!!　しかも名前呼び!!

「うが――――」

わたしは一気に力が抜けてしまいそうになる。

なんなの、圭佑さんってこんな人だったの？　あれだけ超絶クールの名をほしいままにしてきた人が、結構な好き者だ。油断も隙もありゃしない。

「ああー、これ使って」

圭佑さんの顔を見たわたしは、「やっぱり」と息を吐きながら、ポケットに入れていたハンカチを差し出す。

「使う？」

わたしは、指で自分の唇を指した。

「……アレルギーってどうなったんですか？」

人工香料、特に化粧品でくしゃみ、鼻水、涙目の症状が出ると言っていたのに。

圭佑さんの部屋で愛し合ったときは、化粧なんてほぼ取れていたので、それほど神経質にならなかったけれど、今はばっちり口紅をつけている。

「瀬理奈といて出ないのは言ったろ？　――ああ、そういうことか」

不思議そうな顔つきでハンカチを口に当てた圭佑さんが、納得とばかり小さく噴き出す。

わたしの口紅は一応ナチュラルテイスト、無香料をうたっているものの、アレルギーがどの成分に反応を起こすのかわからないため、注意するに越したことはない。

それなのに、当たり前のようにキスしてきて、大丈夫なの？

「今のでも気分は悪くならない。むしろ高揚してくる」

いや高揚ってね？　だいたいわたしといると出ないって、アレルギーってそういうものだっけ？

「随分都合のいいアレルギーですね」

もっと本人が気をつけようよ。

「瀬理奈だからだよ。アレルギーが出ないのは」

わたしだとアレルギーが出ないとは前にも言われた。それで興味を持ったとか意識したとか好きになったというのは、小説で描かれる運命みたいで恥ずかしくも嬉しいけれど、心配にもなる。

「一度病院で検査したらどうです？」

アレルギーが出ない相手なら、わたしじゃなくても、なんてマイナス思考がちらっと頭をよぎる。これまでいろいろこじらせてきたため、訪れた幸せに戸惑って、ついつい不安を覚えてしまうのだ。とかく女心はあっちへこっちへ揺れ動いて忙しい。

「ま、そのうちにな」

「そのうちって……きゃっ」

ああ、もう!! またっ!!

圭佑さんが、唇がダメならこっちというように、頬を寄せてくる。ハグだ。

一応社会人女子として基本、化粧している。しかも今日はファンデーションのノリがすっごく良くてしっかり塗ったので、頬を寄せたら間違いなくついちゃう。

いや、そうじゃない。アレルギーも気になるところだけれど、ここは会社で給湯室のドアは開いたままだ。そろそろ誰か出社してきているだろうし、見られたらどうするのだ。変な噂がたって圭佑さんの仕事に何か支障をきたすことになりでもしたら……

「落ち着かない?」

腕の中でわたわたするわたしが面白いのか、圭佑さんは意外そうな表情で見下ろしてくる。

「会社でこういうの、慣れてないの。誰かに見られたらって、人目も気になるし」

だいたいキスもハグも慣れていないどころか、ずっとお一人様やっていたわたしには、ほとんど経験がない。

「その分、ベッドでは大胆なんだな。俺の腕の中で啼《な》く瀬理奈、可愛かった」

腕の中で啼《な》く？　可愛かった？

うわあくぁああ――っ!!　なんてこと言うの、馬鹿っ!!

あまりのことによろけたわたしは、圭佑さんに支えられた。でもこのまま寄りかかっているわけにはいかない。どうにか踏ん張り、自力で立つ。

「わ、わたしっ、先に、行きますね」

それだけ言うと、振り返ることなく給湯室をあとにした。

朝からなんだこれ。彼に会えたのは嬉しいんだけど、どっと疲れを感じる。

席に戻ったわたしは、立ち上げたままになっていたパソコンを前に、ついついぼんやりしてしまった。少しでもやり残していた仕事を進めておこうと思ったのに、手につかない。

「おっはよー、宮原」

「あ、おはよー」

不意に背中をぽんと叩かれる。誰かと思えば山口だ。いつの間にか、皆が出社してくる時間になっていた。

「一日の始まり、いいね、いいね。今日も、張り切っていこうな」

「はあ……」

なんだかいつにも増して、テンション高め？　機嫌が良いように見える。

首を傾げていると、すぐに後輩同僚の女の子が出社してきた。

「おはようございます。山口さん」

「おうさ。今月は任せてくれたまえ。売り上げトップに俺はなる!!」

気のせいではなかったみたい。後輩同僚への態度からもそれは明らか、チャラさに拍車がかかっている。

その山口が再びわたしのところにきた。手には見積書を入れた封筒を持っている。

「電話で聞いていたと思うけどさ、これな」

電話で聞いていた？　それって金曜日電話が繋がったままだったのは故意ってこと？

なんだかしてやられたみたいで癪《しゃく》だ。

「宮原がつけてくれたあの資料、すっごく参考になった。特にキッチンな、嫁さんがメチャ気に入って、息子夫婦のエリアは内装ほぼほぼ決まりだ」

「そう、役に立って良かったわ」

それはそれは何より。使えて良かった。電話で聞いていたから知ってるけど……

「やっぱりさ、宮原はわかってるよな。こっちがあったらイイなって思うやつ用意してくれてさ。さすが、三課のメガ――」

「ちょっと!!」

山口の言いかけた言葉の先を察知したわたしは、それを遮《さえぎ》って睨《にら》みつける。

「え……、俺、何か地雷踏んだ？」

これまでの経験からか思うところがあったらしい彼は、ひくりと目もとを強張らせた。

「大したことじゃないんだけど。妙な呼び方はヤメロ、ね？　あとね？　山口の意気込みはわかってるから、頑張って今月トップ目指そう。でも、余計なコト他の課の人に言うんじゃないわよ、ね？」

わたしはこの上なくなんでもないことのように伝える。そうそう誰かに言ってはいないと思うが、牽制《けんせい》しておくに越したことはない。

「他の課の人？」

「そう、他の課の人」

言った意味がピンとこなかったのか、山口が訊《き》き返《かえ》し、そしてポンと手を打つ。

「トップ取るって言ったことか。そういや、たまたま駅で会ったんだよな、室生氏に。で何か話さなくちゃと思って、つい――けど、なんでそんな話をしたこと、宮原が知って……」

「あ、あんたのことだから、いろいろ喋《しゃべ》ってるんじゃないかって言ってみただけよ。トップ取る発言はともかく、わたしのことを言うのはやめて」

「ああ、女神のこと？　なんなら天女でもいいぞ。金曜の商談、穴あけずに済んだの、宮原のお陰だ」

「テンニョって――、山口、何度も言わせないで……」

称賛されるのは、決して悪い気はしない。自分の仕事が認められたということだから。

でも「女神」はやめてほしい。「天女」も。そんなガラではないことを自分が一番わかっている。

だが、トキはすでにちょびっとばかし遅かった。

スマホがまた着信を知らせる。メッセージを確認すると、さっき山口と挨拶《あいさつ》していた後輩からだ。

〈山口さん、宮原さんのフォローが嬉しかったんですね。商談が上手くいったのは三課の女神のお陰だそうですよ〉

〈私もメッセきました。金曜の夜〉

続けてもう一人、後輩からメッセージが入る。

顔を上げると机を挟んで、スマホを手にした二人がニマニマとこちらを見ていた。

わたしは内心で舌打ちして視線を目の前の山口に戻す。

「山口、何恥ずかしいこと広めてんのよ」

「照れるなよ、宮原」

「ちょっと口チャックしようか」

「お、おう」

それ以上言うなとわたしが真顔になると、山口は神妙な表情で頷いた。


そんなやり取りがあったことなど、ほとんど忘れていたある日。

出勤したわたしは、ロッカーを挟んで制服に着替えていた。

聞くともなしにロッカールームで聞こえてくるのは、朝の恒例、総務部の女子を中心にした室生ファンによるミーティングだ。ここにわたしがいることを、彼女たちはおそらく気づいている。

そして、少し前から出るようになった新たな話題は、ズバリ圭佑さんがどこかの令嬢と見合いをするというものだ。

お陰で、わたしが圭佑さんを追いかけ回しているという話は、あまり彼女たちの口に上らなくなっていた。

トレードマークみたいだった圭佑さんの眉間の皺《しわ》がなぜか減って、一定の距離は保ちつつも女性に冷徹問答無用な態度を取らなくなったせいもあるかもしれない。

良いことだろうが、アプローチしてくる女子が以前より増して、わたしは悩ましかった。

そんなところに聞こえてきたのが見合いの話だ。

「相手は誰？」と、女子社員たちが捜し始め、総務部の子が「常務令嬢にどこかの御曹司との見合いの話がきている」との情報を手に入れたことで、一気にカオス化した。

常務令嬢といえば、万由里だ。

彼女はたおやかで育ちの良さからくる物腰柔らかな受付嬢。男子社員の心をガッチリつかみ、それのみならず取り引き先からも人気を得ている。

そんな万由里がお見合い。その相手の「どこかの御曹司」が圭佑さんなのではないかと、憶測が憶測を呼んで、今や二人の見合い話が真実のように語られていた。

そして、女子の反感を買っているわたしは、なりふり構わず圭佑さんを追いかけた挙句、相手にされずに玉砕した負け組の筆頭とされている。

ふう。噂をすべて信じるほど愚《おろ》かではないつもりだが、気にならないといったら、嘘だ。

直接本人に訊《き》いてすっきりすればいいとは思うけれど意気地がなく、わたしは圭佑さんに確かめられずにいた。

噂を真に受けて彼を疑っていると思われたくない、というのもある。

わたしを好きだと言ってくれた圭佑さんの言葉を信じていないわけではない。

ただ、愛されていることに慣れなくて、ちょっとしたことでストーカーのように不安がつきまとうのだ。

聞き耳を立てているうちに、彼女たちのミーティングは終わった。数人が部屋から出ていく。

「ええっ!?　それマジな話!?」

突然、大きな声が聞こえ、わたしは何事だと声がしたほうに目を向けた。ロッカーで遮《さえぎ》られ、声の主は確認できないけれど、あのミーティング参加者なのは間違いない。

「しーっ、声が大きいよ」

「ごめん。でもそれ本当？　室生さんが？」

声が潜《ひそ》められ聞き取り難《にく》いが、彼の名前だけははっきり聞こえた。

わたしはどきんどきんと脈打ちだした鼓動を宥《なだ》めるように胸に手をやる。

「うん、この間、役員秘書が話してるのを聞いちゃったの。秘書室に頼まれていたファイルを持っていったときよ。室生さん、〈室藤《むろふじ》レジデンス〉の跡取りなんだって」

（室藤レジデンス？　跡取り？）

わたしは自分の記憶を探る。〈室藤レジデンス〉は、うちの取り引き先で、〈常磐葉物産〉に並び業界の大手、分譲住宅事業を展開する上場企業だ。

それが、何？　跡取り？　室生さん――圭佑さんが？

「それって、もしかして御曹司とかいう、アレ？」

「もしかしなくても、アレよ」

「何その最強スペック。じゃ、常務令嬢との見合い、本当にマジな話なんだ」

それきり彼女たちの声は聞こえなくなる。

いや、わたしの耳が仕事を放棄したのだ。いつの間にか周囲から音が消えている。

（これが本当の話なら……）

抑え続けていた疑念が確信に変わる。

常務令嬢の見合い相手の御曹司は、圭佑さんだった。噂は真実だったのだ。

圭佑さんと万由里。御曹司と令嬢、美男美女。——敵《かな》わない。

ごく自然にお似合いだと感じた自分に茫然《ぼうぜん》とした。

はたと気づくと、始業五分前。その場にぼんやり三十分近く立ち尽くしていたことを知る。

急いで人気《ひとけ》のなくなったロッカールームを出て部署に向かった。会社にきているのに遅刻なんて、何やってるの、わたし。

エレベーターを待つのももどかしく、脇の階段を四階の営業フロアまで駆け上がる。さすがにこたえたが、息を切らせてやっとの思いで自分の席に着くと同時に、始業チャイムが鳴り終わった。

（間に合った——）

肩で息をしながら大きく深呼吸して、息を整えつつ、わたしは自分のパソコンを起動させる。

朝礼のあと、いつも通りに自分の仕事を確認した。

ロッカールームで聞いてしまった話は頭の隅に追いやり、業務に没頭する。

迎えた昼休み、万由里はシフトの関係で時間が合わず、私は一人で昼食をとった。

喋《しゃべ》る相手もなく時間を持て余したわたしが、早めに部署に戻ってきたとき、スマホが圭佑さんからのメッセージを受信する。

それは、今夜急に〈常磐葉物産〉の接待になり、会えないというものだった。

(営業だもの、接待ぐらいあるよね)

わたしは、どこかほっとしたような残念なような、なんとも言い難《がた》い思いを胸に「了解」とだけ返事をする。

でも常磐葉……？

圭佑さん、大丈夫だろうか。あの香水のにおいがきつい女部長も一緒じゃないといいけど……

おそらくまた事前に市販薬を呑んで備《そな》えるのだろう。

いくら薬で抑えられるとしても、ちゃんと病院で検査したほうが良いのに。

午後の業務が始まり、今度圭佑さんに検査のことを話してみようと心に決めて、業務の続きに取りかかる。

でも、どうしたのか、集中できない。入力伝票を片手に文字を追うものの、字がぼやけてくる。

どうしても圭佑さんの顔が頭にチラついて離れない。

心のどこかで、接待だという圭佑さんの言葉を自分が疑っていることに気づく。

本当に接待？　もしかして万由里と会うんじゃないの？

だって、圭佑さんは万由里と相席でランチしても平気だった。あのときは、わたしと一緒にいたかったからって言ったけど……

彼にとってわたしは他の人とは違う存在だといっても、他にそういう女性が出てきたら――

やだ、嘘？　わたし、どうしたの？　変。

猜疑《さいぎ》と不信と嫉妬《しっと》、マイナスの感情が入り乱れて増大し、不安が膨《ふく》れ上がってくる。感情をコントロールできない。大声で泣き叫んでしまいそう……

しっかりしろ、わたし。今は仕事中でしょ？　余計なことは考えないで――

（圭佑さん――）

なんだか彼が急に遠くに行ってしまった感じがする。もともとハイスペックな人だとは知っていたはずだ。それに御曹司が加わっただけで、どうしてこんなにショックを受けているんだろう。

駄目だ。考えすぎて頭がショートしそう。今、何をしていたんだっけ……

「宮原さん!!　何やってんですか。画面固まってるじゃないですか!!」

頭上から浴びせられた声にはっとして顔を上げると、伊津さんが立っていた。

「あっ、本当だわ」

彼女に指摘された通り、パソコンは入力画面のまま微動だにしない。わたしはふうと息を吐いた。

どうやらやらかしてしまったようだ。伝票入力中に他事《たじ》に気を取られて、操作ミスをした模様。エンターキーやエスケープキーを押したが、うんともすんともしない。これは再起動しないといけないレベルだ。

「ボケてないでしっかりやってくれませんか？　あたし、宮原さんから指示もらわないと何もできないんですよ？」

彼女の口調は相変わらず攻撃的だ。いつもならポーカーフェイスで頑張るところだけど、今は無理だった。わたしはがっくり項垂《うなだ》れて答える。

「その通りね。ごめん。ミスったわ。伊津さん、こっちの伝票入力してくれる？　わたしのパソコン、固まっちゃったから」

「はあ？　何言ってるんですか？」

仕事を押しつけられたと思ったのか、伊津さんの顔が引《ひ》き攣《つ》った。けれど徐々に戸惑いの表情になる。

「あなたにしか頼めないのよ。ごめん、ちょっと頭冷やしてくるわ」

それだけ言って、わたしは立ち上がった。ショールームの給湯室に向かう。

営業部のフロアは常に誰かの出入りがあるが、そこなら来客がない限り、落ち着けるはずだ。案の定人気《ひとけ》のないフロア。給湯室の灯りを点けて、中に入る。

(伊津さんのこと、言えないわね)

わたしも、なんだかんだと給湯室を利用している気がする。

けれど、せっかくここまできたのだから糖分補給をしようと、わたしはドリンクの自動販売機の前に立った。

でもサイフを持ってきていないことに気づく。ポケットに手を入れてみたが、小銭もない。電子マネーを使おうにも、アプリの入ったスマートフォンを引き出しに放り込んだまま置いてきていた。

わたしは、小さく息を吐いた。

自分のメンタルが案外脆《もろ》いことに打ちひしがれる。

「ああー、もう!!」

わたしは首を左右に振って、それから肩を回して力を抜く。

っんとに!! 何やってるの!! こんなのわたしらしくない!!

でも——、わたしらしいとはなんなのか、一向に思いつかなかった。


残業一時間。パソコンが固まってロスした時間は取り戻せた。

今夜、圭佑さんは接待で会えない。

会いたいという気持ちはあるのに、ほっともしている。

もやもやした気持ちのまま、部屋に帰る気にはなれなくて、わたしは電車を乗り越して初めての駅で降りた。

改札を出て気づく。ここは、あのダイニングバー〈ラグタイム〉がある町だ。無意識のうちに、最寄りの駅をインプットしていたみたい。

わたしはスマートフォンを取り出し、駅からの道順が書いてあった以前の圭佑さんのメッセージを開く。

歩いて五分。前はタクシーだったからわからなかったけれど、意外と駅から近い。

けれど店の前に着いた途端、逡巡《しゅんじゅん》した。わたしが一人で入るのには少々敷居が高く感じる。

それでも、ここまできながら引き返すのも変な話だと思い直し、木製の扉を開けた。

前回は夜遅い時間だったせいか、静かな大人の隠《かく》れ家《が》っぽい雰囲気だったのに、今日はまだ早いためなのか、会社帰りの人で賑《にぎ》わっている。

わたしはどこのテーブルに着こうかと店内を見回し、結局先日と同じようにカウンター席を選ぶ。座ると、すぐにお通しが出てきた。

「今日のおススメはこちらのメニューをどうぞ。お酒はこちらからお選びください」

メニューを渡されたわたしは、それを見ながらオーダーを取りにきた女性スタッフに訊《たず》ねる。

「あの、お酒の名前はわからないんですけど、ラベルが英文字でワインみたいな味わいの純米……吟醸だったかな」

しっかり名前を訊《き》いておけば良かった。わたしが名前を言えず四苦八苦していると、女性スタッフは「少々お待ちください」と笑顔で一度、奥に引っ込む。

入れ替わるように、マスターが出てきた。

「おや、いらっしゃい。今日はお独りですか？」

「憶えていてくださったんですか？」

マスターは前に会ったときと同じように顰《しか》めっ面《つら》をしていたが、わたしを見てすぐに相好《そうごう》を崩す。

「ええ、室生さんが連れてきた方ですし――それで申し訳ないんですが、あのときお出しした特別純米なんですが、今店にないんですよ。代わりのものでも良いですか？」

さすがに客商売。一度きただけのわたしを憶えていてくれたなんて嬉しい。

「はい、もちろんです。わたし日本酒詳しくないんですが、いただいたお酒が美味《おい》しかったんで、また飲みたいなって寄らせてもらったので」

用意していたみたいにすらすらと言葉が口から出る。あのお酒をもう一度飲みたかったのは本当だが、ここにきた理由はそれではないのに。

「でしたらこれなんかどうかな。これも飲みやすくて女性に人気のあるものなんです」

そう言って出してくれたのは、ラベルが紅色で何かの花がプリントされたものだ。それを前と同じように切子《きりこ》のグラスに注いでくれる。

そっと口に含むと、フルーティな甘酸っぱさが口いっぱいに広がった。

「美味《おい》しいです」

わたしは素直に感嘆した。

「それは良かった――あ、ちょっとすみません」

スタッフに声をかけられたマスターは、カウンターから出て店の奥へ行く。

どこへ行くのだろうと目で追うと、あのレトロなジュークボックスの前だった。そこで客の一人と何か話し始める。

そして――

「曲……？」

人の話し声だけだった店内に、曲が流れ出した。

どこか映画のワンシーンのようで、不思議な感慨を覚える。

この曲、前に聴いたことがある。確か、ＣＭか何かで――？

「すみません、話してる途中に」

「いえ、あのこの曲……？」

わたしは、カウンターに戻ってきたマスターに曲名を訊《たず》ねる。

「ああ、この曲ですか」

マスターは、日本酒の蘊蓄《うんちく》を披露してくれたときのように、流れている曲のタイトルから歌っていた人、歌詞の意味まで詳細に教えてくれた。

「室生さん、この曲好きですよ。彼、若いけどどこの時代のポップスに詳しくて。うちの店に通うようになってくれたのも、それがきっかけ」

リアルタイムで聴いていた世代だというマスターは、若い圭佑さんがこの曲を知っているのが嬉しかったと話す。

古い曲らしいが、今耳にしてもちっとも色褪《いろあ》せて聴こえない。すうっと心に沁み込んでくる。

「なんでもない日々、ありふれた日、ただ伝えたいこと。あなたが好き――ラブソングですからね。……連絡してみたらどうですか？」

「え？」

「室生さんに、この曲のタイトルを告げればいいんです。あ、申し訳ない。余計なコトを言いました」

そしてマスターはごそごそとカウンターの下からティッシュボックスを取り出すと、奥に行ってしまった。

「ティッシュ？　――参ったなあ」

わたしは、ようやく自分が泣き出しそうなのを我慢していたことに気づく。

おそらくマスターは、一人できたわたしを見て、圭佑さんと何かあったのだと思ったのだろう。

わたしはティッシュボックスからティッシュを数枚引き抜き、目頭に溜まった涙を押さえる。そして、静かに立ち上がった。

圭佑さんに会いたい。無性にそう思う。

「すみません、代金ここに置きますね」

そうやって急いで店を出てきたものの、圭佑さんにメッセージを送ろうと取り出したスマートフォンの電池が切れていた。あいにく予備のバッテリーは持ち合わせていないし、バッテリーを売っていそうな店も近くにない。

まだ九時を過ぎたところだ。いっそ今から圭佑さんのマンションに行く？

いや、今夜は接待だ。何時に帰ってくるか、わからない。

部屋の前で待っていようかとも考えたが、彼のマンションは鍵がないとエントランスより中に入れない。

「……うち、帰るか」

出端《でばな》を挫《くじ》かれたような虚脱感《きょだつかん》がいっぱいで、公衆電話を探して圭佑さんのスマホにかける気にもなれず、わたしは溜め息をつきながら帰途に就く。

きた道を辿り、今度は地元の駅で降りた。我が城に帰宅したわたしは、着替えもせずにベッドに転《ころ》がる。

「疲れたー」

お気に入りのリバティプリントのベッドカバーに突っ伏して、ぐちゃぐちゃになった感情に押し潰されそうになりながら、自分の想いを探す。

実家が〈室藤レジデンス〉なんて、圭佑さんはまるでロマンス小説に出てくるヒーローみたい。

「御曹司か」

庶民の娘が身分違いの恋をしてハッピーエンドを迎える話はいくつも読んできたけれど、それはお伽噺《とぎばなし》。ヒロインに同調して覚えるわくわくもどきどきも、現実にはあり得ないからこそだ。妄想を現実に持ち込むほど、わたしは夢見るオトメじゃない。だいたいヒロインのように愛に従順でも健気《けなげ》でもない。……そこからして違う。

ふっと溜め息ともつかない息を吐いて、わたしは頭を上げる。

「狭いよね……でもこれが、わたしの部屋」

住んでいる部屋で自分の身の程を実感する日がくるとは……

わたしの部屋は、単身者向けによくある間取りの1LDK。対して、圭佑さんの住むセキュリティ完備のマンションは、3LDKにウォークインクローゼットや書斎までついた、すべてがハイグレードのものだ。モデルルームだったのをそのまま買い取ったって言っていたけど、置かれた家具もファブリックも、とても一介のサラリーマンが購入できるレベルじゃなかった。

「御曹司なら納得だよね——ああ、そっか」

わたしは胸に広がったもやもやの正体に、ようやく辿り着く。

なんだこんなことだったのか。とってもシンプル。

御曹司だったのは確かに驚いたし、インパクトもあった。だから自分とは不釣り合いだと、ショックを受けたのだと思っていた。それも違ってはいない。でも——

「見合いって何よ‼　わたしは圭佑さんのなんなの⁉」

駄目だ。これは駄目なやつ。

すでにわたしは、どうしようもなく彼が好きなのだ。人前でもみっともなく泣き出したくらい。

「お見合いなんて嘘だと言ってよ。断ってよ」

わたしを好きだと言ってくれた。愛しているとも言ってくれた。

それなのに見合いなの？

このままじゃやってられない。

わたしはベッドから下り立つと、冷蔵庫から買い置きのビールを取り出す。そして、酒の肴《さかな》にと、冷凍庫にあったピザをレンジに放り込む。

プシュッと缶のプルトップを開け、腰に手を当てて一気に飲んだ。

「くはーっ、日本酒も美味《おい》しかったけど、家で飲むならビールね——おっと、ピザ、レンチンできた」

わたしは、皿に載せたピザと片手に持てるだけの缶ビールをベッドに並べると、一人酒盛りを始めたのだった。


「はぁ⁉　嘘っ⁉　朝っ⁉」

ゾクリとした寒気に目を覚ましたわたしは、がばっと身を起こした。

ここはどこ、なんて考えるまでもなく、小花模様のカーテンも壁紙も、自分の部屋に違いない。

周囲の状況を素早く確かめたわたしは項垂《うなだ》れる。

女子的にこれってアリなのか⁉　女子力が高くないのは認めるところではあるけれど、最低限すらクリアしていないでしょ、これは――

わたしは着替えもせず、ベッドにひっくり返り、充電コードを挿したままのスマートフォンを握りしめて寝落ちしていた。

脇に転《ころ》がる空き缶。ベッドカバーにシミ作っちゃってるし、洗うの大変そうだ。

それに、この眩暈《めまい》。目の前がくらくら、頭ががんがんする。

二日酔いかとも考えて、違うことを悟る。なにせさっきから背筋にゾクゾクと悪寒《おかん》がしているのだ。

「あーあーあー」

声はひどくかすれている。つまり風邪。

やってしまった。

わたしはベッドから下り、風邪薬を探した。見つからなかったら、買いに行かないといけない。

「あ、会社どうしよう」

行くなら、そろそろ出かける準備を始める時間だ。

出社しようと思えばできないことはない気はする。しかし、下手に出勤して症状がひどくなったら困るし、何より誰かにうつしてしまうかもしれないのが一番困る。

ここは大事を取ったほうが良い？

薬は見つからないし、今日は大人しく寝ていることにしよう。睡眠にまさる薬なしって言うし。

「……有休使うか」

長年使われず溜まった分があまりある。

正直なところ、あれだけ仕事好きだったのに、今日は会社に行くのが、なんだか面倒に思えたのだ。

幸い、急ぎの仕事はない。

わたしは少々の後ろめたさを覚えつつも、課長宛てに体調不良で欠勤する旨を伝えるメールを送った。電話での連絡は後ほどにする。

そして、まずは顔を洗う。化粧を落としてスッキリしたかった。それから部屋着に着替え、朝食代わりに紙パックの野菜ジュースを飲む。あとで食材を買いに行かねば。

そんなふうに落ち着いたあと、始業前に課長に電話を入れ、同僚には休むとメッセージを送った。

すぐに山口から失礼にも「鬼の霍乱《かくらん》だ」と返信がくる。わたしはそれに「鬼の居ぬ間に洗濯できるね」と返し、これじゃ自分を鬼と認めてるじゃんと一人で笑った。

伊津さんのことは後輩同僚に頼み、伊津さん自身にも山口のアシスタントをするようにと直接連絡する。これで前回の書類処分の件を挽回できれば良いけど。

うつらうつらとベッドで眠り、気づくと昼を回っていた。午前中、結構眠れたみたい。寒気もしないし、頭がすっきりしている。

やっぱり風邪は引き始めが肝心。ここできっちり適切な手当てをしておけば、重症化することなく短期間で治ってくれるのだ。

わたしはもぞもぞとベッドの中で伸びをした。

(起きて、ドラッグストア行くか。食べるものもほしいし)

——そんなことを思ったはずなのに、再び目を覚ますと時刻は五時を過ぎていた。

(嘘!? わたしあれからまた寝たの!?)

やばっ! 風邪薬を買いに行ってない。それに食べるものも。——お腹が空いて目が覚めたのだ。

そのとき、インターフォンが鳴った。

なんだろう?

このまま居留守を使おうかと考える。

だって今のわたしは、頭はぼさぼさ、すっぴんで、着ているものはお気に入りのフリフリな寝間着兼部屋着なのだ。とても人前に出られる格好ではない。

しかしインターフォンが鳴りやむ気配はなく、ピンポンピンポンポンと喧《やかま》しい。

いい加減にしてよ‼　どれだけ鳴らすのよ‼　そんなに鳴らさなくたって、聞こえてるって‼

どこの誰か確認だけでもしようと、わたしはベッドから出て玄関にそっと近づき、ドアスコープから来訪者を見た。

――うぐっ‼　なんで⁉　どうして⁉　あり得ないでしょう⁉

息を呑んだ拍子に、ドアの郵便受けに膝をぶつけたわたしは、よろけた。バコッと音が上がり、ここにいることが外にわかってしまう。

「瀬理奈？」

ドア越しに聞こえた声は間違いなく圭佑さん――

「開けてくれ。いるんだろ？」

「――っ‼　駄目。駄目です」

「どうしてだ？」

察してよ。ずっと寝てたのよ？　頭だって寝癖ついてるしすっぴんだし――って、察しろは無理か。じゃあ感じて？　念送るから。などと、しょうもないことを考えている場合ではない。

だから待って？　今、何時？　どうして圭佑さんがいるの⁉

「プリン、買ってきたんだ」

「えっ」

プリン？　なんで？

「アイスクリームもある」

「え？」

アイスクリーム？　なんでよ、プリンといいアイスといい、もしかしてお見あ……？

――違う！　お見合いじゃなくてお見舞い。

「風邪だと聞いたから、念のため風邪薬と栄養ドリンクもだ。ドア開けてくれないか？　顔を見せてほしい」

顔を見せてほしいって、そんな心配そうに言われたら……

わたしはもうどうにでもなれとばかりに、チェーンを外してドアを開けた。

薄く開いたドアの隙間からは、まぎれもなく圭佑さんの姿。願望の妄想じゃなくて本当にいる。

「やっと開けてくれた。中に入っても良いか？」

「はい……、あ、いいえっ！　あ、はい……」

「どっちだよ」

まるでいつかみたいな会話だ。

「じゃあ、いいえっ」

「却下」

却下って、何様？　ここはわたしの部屋――と言い返す気力もなく、玄関の壁にもたれかかる。

また眩暈《めまい》だ。でも風邪のせいじゃない。

好きな人が目の前にいたら、想いに揺れ動くオトメとしては、眩暈《めまい》ぐらい覚えたっておかしくないでしょ。

「おい、大丈夫か？　具合が悪いのに起こしてすまない。すぐに横になるんだ」

「きゃっ⁉」

ふらついたのを目に留めたのか、素早く中に入ってきた圭佑さんは、手にしていた買い物袋を放り出すように玄関に置いて、わたしを抱き上げる。まったく強引だ。

わたしはいきなりの浮遊感に驚いて、ちょっとふらついただけだと言いそびれてしまった。

「ベッド、ここで良いんだな」

圭佑さんはそのまま、部屋の半分を占拠しているベッドに、わたしを横たえた。

「具合はどうなんだ？」

病院は行ったのかと訊《き》かれて首を横に振り、熱はと訊《き》かれて体温計がないと答える。何か食べたかと訊《き》かれたときは、心配されちゃうかなと少し答えるのをためらったものの、正直に首を横に振った。

でももう朝起きたときのような眩暈《めまい》はないし、悪寒《おかん》もない。半日寝て、治ったようだ。

「もう平気です。今日ずっと寝てたので……」

「返事がなかったのはそのせいか。何度も電話をかけてたんだが出ないし、メールもメッセージも返ってこないから心配した。瀬理奈が会社を休むなんてこれまでなかったし」

「すみません、心配かけて」

わたしは何が起こっているのか、今イチ理解できず、茫然《ぼうぜん》としたまま答える。

これって凄《すご》く衝撃なんですけど？　わたしのオトメ趣味全開なこの部屋に、圭佑さんがいるなんて……

ピンクでプリティ――好きでやっていることなのに、年甲斐《としがい》もない趣味が居たたまれなくなってくる。

「ちょっとキッチン、借りるな。冷蔵庫開けるぞ。買ってきたもの入れておきたい」

わたしをベッドに寝かせて安心したのか、ほっとした顔で辺りを見回した圭佑さんが、無造作に上着を脱いで立ち上がる。

「え？　キッチン……冷蔵庫……？　いや、待ってー」

やっぱり部屋に上げたのはまずかった。わたしの羞恥心《しゅうちしん》は全力稼働する。「待って」と彼の背に向かって伸ばした手は届かず、空を切ってぱたりと落ちた。

なにせ狭い我が城、すいーっと歩けば、十歩も数えないうちにどこにでも行けてしまう。

「ん？　ああ……」

冷蔵庫のドアが開く音に続いて、圭佑さんの声が聞こえた。

シンクには飲み終えたビールの缶。野菜ジュースの紙パックも放置してあったような……。冷蔵庫はほぼ空っぽだ。

（ああ――）

がくりと項垂《うなだ》れたわたしは、もはや横になる気になれず、ベッドの上に座り直した。

知られたくなかったよ、好きな人に。こんな部屋に住んでるなんて。

そしてわたしはノーメイクで乱れ髪、ボサボサのボロボロ。着ている部屋着はお気に入りでも、会社でのわたしとはほど遠いフリフリのフワフワだ。

引きかえ、本日の圭佑さんは、スーツでばっちり決めている。

そりゃ会社帰りだし……？　あれ？

「仕事、どうしたんですか？」

驚きがすぎて今まで気づかなかったけれど、終業時間にはまだ早い。

「――早退した」

は？　今なんと⁉

「今日、朝から瀬理奈の姿がなかったからな。山口捉《つか》まえて訊《き》いた」

悪い予感しかしない。わたしの目もとはぴくりと痙攣《けいれん》を二回起こす。

「そうしたら、『鬼の霍乱《かくらん》』だと言われたんだ。いつも元気だからな、驚いた」

「あの野郎っ」

ん？　とキッチンに立っていた圭佑さんに振り返られ、わたしは慌てて口を塞《ふさ》ぐ。すっかり今さら感が溢《あふ》れるが、一応笑って誤魔化してみた。

枕もとに放りっぱなしにしていたスマートフォンを気を取り直すように手に取り、わたしは着信を確かめる。

朝いくつか連絡に使って以降、未確認のメッセージとメール、電話が十数件あった。そのうちのほとんどが圭佑さんからで、どれもわたしを気遣う内容だ。留守番電話にメッセージまで残してある。

「こんなに何度も連絡くれてたのね。あの、早退したのって、わたしのせい？」

まさか、営業部のエースがこんなプライベートなことで。

でも、とくんとくんと、胸が高鳴ってくる。

「連絡がなくて心配だった。まあ、それだけじゃないんだが……」

「どうしたの？」

言葉を濁《にご》され、わたしは圭佑さんの顔をまじまじと見た。

なんだか目もとが赤い？　ような……？

いや気のせいだろう。そんな泣いた跡みたいなもの、圭佑さんにつくはずがない。

「――瀬理奈のところの、なんて名だったか？　山口の書類、シュレッダーした女子……」

「えっ、伊津さんが何か？」

どうして伊津さんの名前が圭佑さんから出るの？　彼女が何かやらかした⁉

もともと圭佑さんと個人的に話をするようになったきっかけは、伊津さんが勤務時間中にもかかわらず彼に告白していたところに出くわしたからだ。

「その女子が言いにきたんだ。瀬理奈が今日休んだのは、俺のせいだと――粥《かゆ》を温めた。何も食べていないみたいだから、少しでも胃に入れろ。レトルトだが食べないよりはましだろう」

そう言いながら圭佑さんが、トレイを持って傍《そば》にくる。

わたしは、それを受け取って膝の上に置いた。載っていた卵粥《たまごがゆ》の椀に食欲がきゅんと刺激される。

キッチンで何をしているのかと思ったら、こんなことをしてくれていたなんて。朝から何も食べていなくて、空腹で目が覚めたわたしには、この上ないご馳走だ。

「すみません。いただき――えっ？」

さっそく添えられていたスプーンで食べようとしたのに、何を思ったのかベッドの端に腰を下ろした圭佑さんにスプーンを奪われた。

それから彼はおもむろにお椀を手にすると、粥《かゆ》をすくって息を吹きかける。少し冷まして、わたしの口もとに持ってきて――

な、な、なななななんなの!?　これ……これ……、た、た、食べ……っ、食べさせてくれるの!?　そんなわたし、一人で食べられないような重症じゃないんですが!?

「まだ熱いか」

わたしが戸惑っていると、まだ熱くて口に入れられないと思ったらしく、圭佑さんは唇を寄せてさらに冷まそうと息をかける。

聞こえてしまいそうなほど一気に速まる鼓動の恥ずかしさに耐えられなかったわたしは、パクリとスプーンを口に入れる。

「口に合うか？」

顔を覗き込まれながら訊《き》かれ、ほとんど噛まずに嚥下《えんげ》してぶんぶんと頷く。

ごめんなさい、味なんてわからない。でもきっと美味《おい》しいんだと思う。いや圭佑さんが食べさせてくれるなら、どんなものでも口に合うはず。

そうやって甲斐甲斐《かいがい》しく世話を焼かれて、結局全部食べさせてもらった。それでもさすがに、プリンは自分で食べるからと、カップを手放しはしなかった。

そうやって食べて一息ついたところで、わたしは気になっていたことを訊《たず》ねる。

「話の続きが訊《き》きたいんだけど、いい？　伊津さんがどうして、あなたに……？」

これははっきりさせておかないと。伊津さんとの今後にもかかわる。

「ああ、さっきのな。何か思うところがあったんだろうな。あの宮原さんが会社を休むなんてよっぽどのことだって言いにきたから」

よっぽどのこと――？

わたしは「あの」と言われたことに引っかかりつつも、伊津さんの考えてることがわからず首を傾げる。

「なあ、瀬理奈。何を悩んでいる？　俺には相談できないことか？」

「わたし、別に悩んでなんか――」

嘘だ。わたしは悩んでいる。それが高じて昨日一人で酒盛りをし、寝落ちして風邪を引いてしまったのだ。

「言ってくれ、瀬理奈。その女子、伊津さん？　が言うには、瀬理奈はずっと心無い噂話にさらされて傷ついていたって。仕事にしても三課は皆お気楽で、何かというと瀬理奈に責任押しつけてるから、とうとう心が折れてしまったんだって。それで噂なんだが――」

待って待って、理解が追いつかない。心が折れて？　伊津さんがそんなことを言ったの？　圭佑さんに？　あの問題児が!?　何かというとわたしに食ってかかってきたのよ？　いつだって攻撃的

な口調で。それが⁉

なんだか状況が呑み込めなくて、先に噂について訊《き》いてみる。

「あ！　そ、そんなことより、噂!!　噂といえば――、お見合い、するのよね。えっと、えっと……、万由里と」

うわぁ、何言っちゃってるの⁉　よく考えると、その話も避けていたのに。

でも、ずっと気になっていたことだ。

わたしは向き合わなければ。現実に。圭佑さんが好きだからこそ。

「やっぱりそれか――……」

圭佑さんは目を眇《すが》めて渋い顔をした。わたしには知られたくなかったってことだろうか。

「お、お似合いだと思う。万由里は菱澤の常務令嬢だし、あなたは〈室藤レジデンス〉の御曹司だっていうし……」

圭佑さんには、庶民のわたしよりも常務令嬢のほうが似合いだと告げながら、また胸が締めつけられた。

「瀬理奈？　それは……」

圭佑さんが目を瞠《みは》る。わたしが実家のことまで知っているとは考えてみたこともなくて、驚いたのだろう。

「……わかった、順番に話す。今日は少し様子を見たら帰ろうと思っていたが、このままでは帰れない」

すべて話すと顔を上げた彼に、食べ終えていたプリンのカップを取られて、わたしは手を握られる。

「まず最初に見合いのほうだが、俺は見合いなどしない」

「え――？」

きっぱり否定した圭佑さんの言葉、もうそれだけでわたしの心は明るくなる。

「酒の席で部長に、娘に会わないかと言われたのは本当だ。だがその後、常務令嬢の見合い相手がなぜか俺だという話が広まって、なかったことになった」

「えっ、お見合いの相手って部長の娘さんだったの。じゃあ万由里とは……」

営業部のエースである彼を、部長は半ば本気で娘婿《むすめむこ》に望んでいたのかもしれない。

それが万由里と見合いするという話になって広まった？

わたしは軽く混乱する。

「そんな話はないよ。偶然同じ時期に見合い話が出たから結びつけられてしまったんだろう。噂などそういうものだ。まあ、万由里嬢には悪いが、その噂のお陰で俺の見合い話は部長から引っ込めてくれた。どうやったら角を立てずに断れるか考えてたところだったし、助かったよ」

「そ、そうだったの。ちっとも知らなかったわ。でも実家の名前を出せば、圭佑さんの見合い話はすぐなんとかなったんじゃ……」

圭佑さんが〈室藤レジデンス〉の御曹司なら、部長には失礼だけど、もっとあっさりと断れたのではないかと思った。

「こんなことで実家の名を出したくない」

「ごめんなさい、考えなしだった。確かに大人がいつまでも家に頼るのはよくないわね」

わたしは、思いついたまま口にしたことを謝る。

「いや、そういうことではなく、実家とは縁を切ってるんだ」

「え……？」

何それ？

圭佑さんはサラリと問題発言を投下した。

「そうだな、瀬理奈にはやはり知っておいてほしい」

「何を……？」

わたしは、身を固くする。眉間に皺《しわ》を刻んだ圭佑さんの表情は、会社で見せる冷ややかさとは違って、どこか気鬱《きうつ》を滲《にじ》ませていた。

「――俺がアレルギーになった原因だ」

「圭佑さんがアレルギーになった原因……」

ならばちゃんと聞かなければならない。わたしは前から圭佑さんのアレルギーは、身体的なものではなく、何か根深い理由があるように感じていた。

「化粧品や洗剤などの人工香料で症状が出るといって、可能な限り避けているのに、瀬理奈に対してはどんなに化粧していようが洗剤を使っていようが症状が出ない。随分都合のいいアレルギーだと思っているよな。自分でも思う」

わたしはこくりと頷く。そうなのだ。

不思議なことに圭佑さんと一緒にいて、アレルギー症状に悩まされているところを見たことがない。

だからといって医者でも専門家でもないわたしには判断のしようがないが、人によってはアレルギーで命すら落とすほど重篤《じゅうとく》なケースもあると聞くし、ずっと心配している。

「誤解なく聞いてほしい。俺のアレルギー症状は、おそらくある女性が原因なんだ」

「ある女性……？」

「ああ、四年前、俺の婚約者だった女だ」

……………………………………………………………………………………………………はあ!?

なんなの!?　け、け、け、けけけけけ、けい……、す、けさん、に……こ、こ、こ、こ、こ――、婚約者ああああああああ!?

四年前というと、菱澤にくる前の話だ。

「せ、瀬理奈っ、落ち着いてくれ。婚約者といっても、親が勝手に決めたいわゆるアレなものだ。最初俺は、自分が婚約していることも知らなかった」

「……う、うん」

圭佑さんに強く手を握られて、わたしははっとする。意識が一瞬遥か彼方《かなた》へ飛んでいた。

親が勝手になんて、そんな物語みたいなこと本当にあるんだ。しかも、『自分が婚約していることも知らなかった』って……

でも、ちょっと考えると、想像できてしまいそう。

圭佑さんは、うちでも結婚したい男性ナンバーワンだ。そんな彼を周囲が放っておくはずがなく、ましてて室藤の御曹司とくれば、玉《たま》の輿《こし》狙いの女性がいたっておかしくない。

「その彼女は母親の友人夫妻の娘で、それまで数えるほどしか会ったことがなかったんだ。その頃の俺は仕事が面白くて、毎日が充実していた。だから特定の女性とつき合うとか、結婚などまったく考えていなかった」

「そうなんだ……」

わたしはどう返せばいいのかわからず、頷くのがやっとだ。まだどこか茫然《ぼうぜん》としている。それほど圭佑さんに婚約者がいたという話は衝撃だった。

「話を知ったとき、すぐに断った。だが親、というか母が乗り気で、どんなに結婚する気はないと説明しても聞いてくれず、ことあるごとに彼女を呼んで結婚をほのめかす。しまいには俺の部屋の合鍵まで渡してしまった」

「合鍵……？」

その頃、圭佑さんが住んでいたのは今の部屋ではなく、室藤系列のマンションだったそうだ。ある日、仕事から疲れて帰ってくると、ベッドにその彼女が寝ていたという。裸で。

「ベッドにいる彼女を目にしたとき、ゾッとした。赤い唇で甘ったるく名前を呼ばれ、しなを作って手を伸ばされる。正直嫌悪しか湧かなかったよ。母は彼女がそこまでするとは考えてなかったみたいだけどな。温かな食事を用意して迎えれば、結婚に気持ちが傾くと思ったそうだ。――それで金輪際、俺に口出しするな、室生とは縁を切ると言って家を出た」

「で、そ、それで……、婚約を解消したのね」

圭佑さんになんと声をかけたものか、もっと気の利いた言い方があるはずなのに、やっとのことでそれだけ口にする。そして、彼に同情しながらも、ほっとした。

けれど圭佑さんは、深い溜め息を落として続ける。

「いや、それで終わらなかった」

「終わらなかったって――」

まだ何か？　それで婚約解消になったんじゃないの？

「彼女がつきまとい始めたんだ。ドアの鍵は取り替えたが、部屋に帰る気になれなくなって、俺は建築設計事務所の社長の厚意で事務所に寝泊まりさせてもらった。なのに、そこにまでくるようになって……」

「それって……、ストー――」

「ああ、朝晩、彼女はきたんだ。差し入れだと、バスケットにいっぱい食材を詰めて、体に良いからと思いつくだけの健康食品を持って。迷惑だから帰ってくれと言うと、笑うし」

「笑う？」

泣くんじゃなくて？　そんな状況で笑うって、怖い。

「照れることないのにとか、見守っていてあげるとか言ってな。化粧がどんどん濃くなっていくし、俺もうすうすヤバいんじゃないかと思い始めた。だいたい本当に婚約者だったとしても毎日のように部外者が会社に居座っていては、仕事にならない。仕方がなく、マンションで待っていてくれと頼んだこともあったが、彼女はくるんだ、バスケット抱えて事務所に、毎日。だから、これ以上は無理だと、前の建築設計事務所を辞めた」

「そんな、ひどいわっ」

なんなの、その話。圭佑さんは何も悪いことをしていないのに、仕事を辞めるしかなかったなんて……

自分の常識がすべてではないけれど、周囲の迷惑を顧《かえり》みず勤務先に居座るとは、わたしには考えられない。あまりにも、自分勝手だ。

圭佑さんが女性を避けるようになったのは、こんな過去があったからなのか……

「さすがにここまでになると、室生の体面もあって親父がキレた。そもそも俺は承知していない話だし、いくら母の友人の娘でも職場まで押しかけて面倒を起こす者とはつき合えないと、弁護士を入れて婚約は完全白紙になったよ。世間体を気にするのも、こういうときには役に立つものだ」

「それでその彼女、今は……？」

どこかやるせない顔で語る圭佑さんに、わたしは訊《たず》ねた。これを訊《き》いておかないと。

いくら弁護士が間に入ったとしても、交わした取り決めを破る人は破る。

「海外に語学留学したと聞いている。こっちには戻ってきていないはずだ」

それなら、いきなり現れることはなさそうだ。ある日突然、彼女が会社にくるなんてそんな恐ろしいこと、考えたくもない。

「……そうなの。じゃあ、もう何も心配することはないのね」

良かった。わたしは、ほっとして詰めていた息を吐いた。

「話はまだ終わってない」

「まだ？　解決したんでしょ？」

まだあるの？　これ以上彼に何を――

「前にも少し話したな、アレルギーのことを。化粧品売り場を歩いてたら出た、と。菱澤に再就職が決まってようやく人心地がついたとき、自分の変調に気づいたんだ。まさかと思いたかったが、それからというもの化粧をした女性が近くにくると症状が出るようになった。――いい年をした男が女に振り回された挙句、情けない話だ」

つまり圭佑さんのその症状は、アレルゲン物質で引き起こされるのではなくて、心理的な後遺症みたいなもの――……

「情けなくなんかない‼」

わたしはぶんぶんと首を左右に振って身を乗り出すと、自嘲《じちょう》するように顔を伏せた圭佑さんの頬を両手で挟んで強引に自分に向かせる。

「あなたは悪くない」

まっすぐ目を見て、言い切った。そんな目に遭《あ》った圭佑さんをどうして情けないなんて思える？

圭佑さんは被害者じゃないの。

まったく何を悩んでいたんだろう。お見合いがどうしたなんて、未確認の要素満載な噂に振り回されて、ぐだぐだしていたわたしのほうが情けない。

「瀬理奈……、ありがとう」

圭佑さんは少し照れくさそうに視線を泳がせると、頬を挟んでいるわたしの手を取ってその掌《てのひら》に口づける。

――うわ、ちょっとこれ恥ずかしい。

わたしはその唇の柔らかさと熱さと、くすぐったさにゾクッとして首を竦《すく》めた。

「瀬理奈に出会えて良かった。本当に、良かった」

言いながら圭佑さんはなおも掌《てのひら》に唇を押しつける。

「わ、わたし、だって、圭佑さんを……」

想っているから、という言葉が続けられず、代わりに口から出たのは「あん」という熱っぽい声だ。

やだ、また熱が上がってきた？

お腹の奥がきゅんとして、じくじくと濡れた痺《しび》れがくる。掌《てのひら》を這《は》う唇が、やっぱりくすぐったくて、熱くて柔らかい……

「瀬理奈……」

「んっ」

さっき頬を包み込んだのは、わたし。でも今度は、圭佑さんがわたしの頬を挟む。掌《てのひら》に口づけていた唇は、わたしのそれに重なった。

初めて口づけを交わしたときと同じ、優しいキス。強引に舌を捻《ね》じ込む真似は決してせず、啄《ついば》み擦《こす》り合わせては、甘く食《は》まれる。

彼の温《ぬく》もりが、わたしを安心させてくれる。体を重ねることの意味を知った今は、もっと奪ってほしいとさえ願ってしまう。

駄目だ、落ち着け。今の自分の状態では、圭佑さんに風邪がうつる。

だから離れようとしたのに、わたしの体は持ち主の言うことを聞かないで……いとも簡単に倒された。

「瀬理奈、すまない。少しでいい。君に触れたい」

見下ろしてくる圭佑さんの表情はとても切なげで、わたしをほしがっているんだと感じた。

なんだ、同じことを考えていたんだ。

「少しだけなの？」

「……困らせるな。こっちは耐えてるんだ」

彼は会社を休んだわたしを気遣ってくれる。

「そんなこと言ってないで、触って。風邪、うつっちゃうかもしれないけど」

「瀬理奈の風邪なら本望だな」

「じゃあ、二人そろって明日は会社休む？」

わたし、何言ってるの!!　理性、仕事しろ!!　隠れてないで仕事して!!　このままでは――……

「それもいいな。だが無理はさせられない」

「いやよ。わたしだってあなたに触れたいのよ？」

ああ、もう駄目だ。口が勝手に動く。体がまったく言うことを聞かない。大人しく寝ていたほうが良いのに、風邪とは違う熱がわたしを支配する。

「そんなに煽《あお》るな」

ばさりと圭佑さんの体がのしかかった。

重みを感じて胸が苦しいのに、それが嬉しい。

わたしはごそごそと体の間で挟まれていた腕を引き抜くと、彼の背中に回した。ワイシャツの布越しに、温《ぬく》もりが伝わってくる。

そしてわたしは、自分の中の衝動に身を任せた。


薄ぼんやりした暗闇の中、わたしたちは体を重ねる。口づけを交わしながら、互いの衣服に手をかけボタンを外し……

でも、何を焦っているのか、指先が震えて上手くボタンを穴にくぐらせることができない。

「ボタン外せない？　なら引きちぎるか？」

「引きちぎっちゃ駄目でしょ」

またつけてくれれば良いからと囁《ささや》く圭佑さんに、そんな口実を使ったこともあったと思い出して、わたしはばつが悪い。

「瀬理奈のは簡単だな。めくり上げてしまえば良い」

「きゃっ」

圭佑さんはそう言うと、わたしの部屋着の裾をめくり上げ、頭から抜き取った。下に着けていたブラもするっとホックを外して取ってしまう。覆っていたものがなくなったわたしの膨《ふく》らみが、ふるりと揺れる。

「可愛いな、瀬理奈の胸は」

「んっ」

わたしは、きゅっと目を閉じる。

膨《ふく》らみの尖端《せんたん》、色づいた突起が口に含まれ、舌で突《つつ》かれた。

そしてはっと気づく。昨日、寝落ちしてそのままだ。朝、化粧こそ落として顔は洗ったけど、シャワーぐらい浴びておけば良かった。熱があったから、それは無理なんだけど……

「わ、わたしっ!!　お風呂……に……、あの」

「俺は気にしないが？」

「いや、わたしが気にする——ひゃうっ!!」

乳首に圭佑さんの舌がまとわりついた。ちゅくっと吸われて、わたしは一際高い声を出す。

「瀬理奈が嫌なら、ここでやめる」

決定権、わたし？

でも、やめられるわけがない。乳首を口に含まれただけで、体の奥が燻《くすぶ》りだし、秘裂の際《きわ》の芯が疼《うず》いている。

まったく情欲は厄介だ。一度高まってしまった熱は簡単に冷めるはずもなく、どんどん滾《たぎ》ってくる。

「でも……、わたし……、圭佑さんが……ほしい……」

——言っちゃった。恥ずかしい。はしたないって思われるのは、嫌だな。

「くそっ‼　可愛すぎるだろ。前言取り消しだ。瀬理奈がなんと言おうが、やめないからな」

「ええっ？」

圭佑さんが体を起こし、わたしが苦戦したボタンを自分でやすやすと外した。

ふわりとシャツを脱いで、下に着ていたアンダーシャツも脱ぎ捨てる。

わたしは引き締まった上半身に見惚《みと》れた。そして彼がスラックスの前を寛《くつろ》げると、膨《ふく》らんで下着を押し上げている猛《たけ》りに目を奪われる。

それは、わたしを欲している証《あかし》だ。

「あっ⁉」

圭佑さんがわたしの腰に手を伸ばす。穿いていたショーツに指をかけ、一気に抜き去った。これでわたしは、生まれたままの姿だ。

「あ……ん……」

不意に唇が下りてきて、わたしはそれを受け止める。肌が重なり、彼の温《ぬく》もりを感じた。

セックスは、求めるままに官能をあばきたてて情欲を分かち合うものだとずっと思っていた。

事実、これまで圭佑さんと体を繋げたときも、優しく触れられる心地良さから徐々に高まっていく感情のまま、与えられるものに満たされ、奪われることに歓喜した。

けれど今夜は、ひたすら触れられ、撫《な》でられて、全身に広がっていく充足感に身を揺蕩《たゆた》わせる。

「ああっ」

気持ち良い。気持ち良くて、このまま溶けてなくなってしまいそう。

もっと激しい官能をほしがって、わたしの下肢がもどかしげにざわめくも、彼に愛撫《あいぶ》を施《ほどこ》されると、いつしか甘い愉悦《ゆえつ》に浸《ひた》っている。

でも——……

もっと感じたい。

体の奥が切なく疼《うず》く。欲張りなことに、外からだけじゃなくて内側からも愛されたいと願う。

「……そんな顔するな」

「え？」

ふっ、と息を吐いた圭佑さんはふわりと笑んだ。ごそりと動いて自《みずか》らの昂《たかぶ》りを取り出す。

彼の猛《たけ》りは、ちっとも力をなくしていない。ますます大きく膨《ふく》らんで天を衝《つ》いていた。

「俺は本気だからな。いっときの欲でするわけじゃない」

……本気？　本気とはなんだろう。よくわからないが、今は思考がまとまらない。

「ん……、きて……」

秘裂はもうしとどに蜜を溢《あふ》れさせている。愛《いと》しい人に向かってわたしは手を伸ばした。

足を左右に開いて腰が抱えられる。潤《うる》みの中心に圭佑さんの昂《たかぶ》りが宛《あ》てがわれた。

「んんっ」

入ってくる瞬間の蜜口が引《ひ》き攣《つ》れる痛みも、いつしか甘やかな官能となった。隘路《あいろ》を広げながら押し入ってくる圭佑さんに最奥まで貫《つらぬ》かれ、体が満たされると同時に、繋がったことに心が震える。

――わたしの中に圭佑さんがいる。二つの体が繋がって一つになる。それは何ものにも代え難《がた》い悦《よろこ》びだ。

「せりな――」

甘い声で圭佑さんがわたしの名を呼ぶ。

激しく揺さぶられることも、突き立てられることもない。ひたすら温《ぬく》もりに身を任せ、肌を重ねて睦《むつ》み合う。

「つん、んぁ、あ……、あっ、……んくっ、んっ」

わたしは蕩《とろ》けるような痺《しび》れに悦《よろこ》びの声を上げ、口づけを求めた。喉《のど》を震わす喘鳴《ぜんめい》が彼に吸い取られて、合わせた唇の隙間から零《こぼ》れる唾液が顎《あご》を伝って首もとを濡らす。

打ち寄せる波のように繰り返され、幾度も肉壁を擦《こす》る。猥《みだ》りがわしい揺らぎが、わたしを翻弄《ほんろう》して高みへといざなっていった。

最奥を穿《うが》たれるたび、胸の膨《ふく》らみが弾《はず》む。

つんと勃《た》ち上がり濃く色づいた頂《いただき》がもどかしさを覚える。

触れられたい、と思った。

「触ってほしいのか？」

わたしはそんなに物ほしそうな顔をしているのだろうか……

「うん、触ってほしい——ああ」

さわさわと肌を撫《な》でていく圭佑さんの手が、膨《ふく》らみの裾野から登頂を始める。

寄せ上げて緩やかに回し、乳首を摘《つま》まれ捏《こ》ねられて、じんっと甘い疼痛《とうつう》が頂《いただき》から広がっていった。

膨《ふく》らみを鷲《わし》づかみにされて揉みしだかれ、指の間から覗いた乳首をすり潰すかのように捏《こ》ねられる。

「んっ、良い顔する」

「いい、か、お……？」

圭佑さんに胸をいじられながら、わたしの中の彼の存在を強く意識した。お腹の奥が重くなっていく。

「あぅ、ああっ、うんぁ、あ、な、なにか——、ああっ」

そして、それはゆっくりと、わたしの中で育っていた。

「瀬理奈？」

「お腹、んな、かっ、も、もっと……っ、もっと……ほしい……」

「わかった……もっと……あげるよ……」

これ以上どうやったら彼を身の内に収められるのか、お腹の中はもう一杯だというのに、ねだる声を上げる自分に驚く。

それでも、彼は——圭佑さんは、わたしにくれるのだ。幾度も、さらに奥へと中へと深く。

「ああ……」

腹側の蜜壁が抉《えぐ》られて、痺《しび》れが強くなった。ぎゅうっと猛《たけ》る熱を沈められて最奥がわななく。

やだ、苦しい。胸がつかえる。

「あ、あぁ、んぁ……あ……、あ、あ、お、大きく、なって……」

お腹の中で、打ち込まれる熱が行き場を求めるように膨《ふく》れ上がってくる。

――これはわたし？　彼？　どっちの感覚？

溶けて、混ざっていく。

ひくんひくんと背中が跳ね、つま先が反《そ》り返《かえ》る。

激しいことはしていないのに、息が上がっていた。緩やかに上っていく感覚の中、弾けそう、いや、もう弾ける。

「はあ、あぅ……、やぁ、ああっ――……」

これまでとは違う、浮遊感。わたしは温《ぬく》もりに包まれ、満たされていった。

「愛してる」

圭佑さんの想いを全身で感じる。

「わたしも――」

彼を包んでいられることが嬉しかった。愛を迸《ほとばし》らせた彼が力を失っても、わたしたちは熱情の残滓《ざんし》の中、抱き合い、温《ぬく》もりを交わし続ける。

わたしは彼の首筋に顔を埋《うず》め、この時間がいつまでも続いてほしいと願う。

それは永久なのかもしれない。そんな想い——……

わたしは憶えたばかりの曲のタイトルを口にした。今のわたしたちにぴったりだと思ったから。

「どうして瀬理奈がその曲を知ってるんだ」

どうやら驚かせたみたい。すぐに曲名とわかるなんて、マスターが言っていた通り好きな曲なのだろう。

「実は昨日、〈ラグタイム〉に行ったの。で、ジュークボックス？　でこの曲がかかってね。マスターに教えてもらった。圭佑さんがこの年代の曲に詳しいことも。わたしそんなことまったく知らなかったから驚いた」

「そうか。その曲、叔父貴が好きだった曲なんだ。子供の頃、遊びに行くと繰り返し聴かせてくれて。それから何年かしてＣＭに使われていたのを聴いた。懐かしくなってあの時代の曲をいろいろ聴いているうちに嵌《は》まった——瀬理奈、その曲の歌詞の意味、わかるか？」

「えっと、確かマスターが、なんでもない日々、ありふれた日、ただ伝えたいこと。あなたが好き、って言ってたと思うんだけど……」

わたしはそこで息を吐いた。昨日、マスターに勧められたことを思い出す。

「本当はね、その話をしていたとき、圭佑さんに連絡したらって……。マスター、わたしが悩んでるのを見抜いていたみたいで」

わたしが話すと、圭佑さんはふっと息を漏らした。

「敵《かな》わないな、マスターには」

「昨日、本当につくづく感じたのよ。なんだか自分でもよくわからないうちに不安になってて……。それが世界のすべてみたいに思えてしまって、何やってるんだろうなって」

だから考えすぎてしまって熱が出たのだと笑うと、圭佑さんは困った顔になった。

「その風邪はつまり俺のせいなんだな」

「そうねえ、そう言えなくもないかな」

少しおどけた口調で、なんでもないようにわたしは言う。風邪は自己管理がなっていないせいだ。ビールを飲んで寝落ちしたんだもの。

そうなってしまったもともとの原因は、圭佑さんのことで悩んでいたからだけど――あれ？

やっぱり圭佑さんのせい？

「悪かったよ。変に隠しておかずに言えば良かったんだな」

少しばつが悪そうに言う圭佑さんの首に腕を回して、わたしは「そうよ」と鼻先を彼の鼻に擦《こす》りつけた。

「あのね、圭佑さん」

わたしは、圭佑さんにアレルギーの話を聞いてからずっと思っていたこと、その原因を聞いていっそう感じたことを言う。

「一度ちゃんと病院でアレルギーの検査しよ？　それで安心を手に入れよう」

「瀬理奈……、やっぱり呆れたんだな」

「違うわ」

何を呆れたと思っているのかわからないが、彼に呆れたことなんかない。

「……それが心理的なものからくるのだとしても、自己診断で市販薬に頼っていないで適切な薬を処方してもらったほうが良いと思うの」

「だから病院行けって？」

「ついていってあげるから」

渋い顔になる圭佑さんに、ことさら明るく伝える。

「わかった、考える。――じゃあ、お返しだ。My love is guilty」

「え？　マイラブ……ギルティ？」

いきなりの英語にわたしはきょとんとする。「考える」と検査をすることに前向きな返事をくれたのは良いんだけど、どういう意味？　それにお返しって……？

「キッチンに置いてあった本の原題だ。〈恋するギルティ〉というタイトルの。あの本って、前に瀬理奈が会社で絡まれたときに持っていた本と同じジャンルだよな」

「――っ!!　み、見たの!?」

「興味が湧いて、悪いが中を少し見た」

見られた。あの本を、オトメの願望がいっぱい詰まったロマンス小説を――……

頷かれたわたしは、驚きのあまり、思わず圭佑さんを押しのけ体を起こす。もう良い雰囲気は微《み》塵《じん》もない。圭佑さんが面食らった顔をしたが、気にしてなんていられなかった。

「瀬理奈？」

仰向けになった圭佑さんに名を呼ばれて、わたしは顔を覆う。

これだけは知られたくなかった……かも。

「ううっ、呆れた？」

気づくと、圭佑さんと同じ言葉を口にしていた。

「まさか。今日は、瀬理奈が会社では見せたことのない一面を知った。この部屋も、瀬理奈が着ていた服も……」

圭佑さんがくすっと口もとに笑いを載せる。

「あ――!!」

どうして忘れていたの、わたし。こっちもじゃないの!!

圭佑さんの告白が衝撃すぎて、自分のことはすっかり頭から消えていた。

アラサーが、部屋着とはいえフリフリのプリプリなワンピースを着ていたのだ。それでも似合うなら良いが、わたしの場合は、致命的にキャラとかけ離れている。ああ、それにスッピンだ。今さら感いっぱいだけど……

「――瀬理奈が読んでた本と同じタイトルの曲があるんだ。原題が〈My love is guilty〉」

「もしかして――圭佑さんが好きだという曲と同じ年代？」

「ああ……。『あなたに恋した私は恋愛罪、有罪。私を助けられるのはあなただけ』……」

そういう歌詞なのか。わたしは一度きちんと曲を聴きたくなる。

「瀬理奈」

圭佑さんはわたしの腕を引っ張って、自分のほうに体を引き寄せた。

わたしはそのまま抱き込まれる。

ドクンドクンと聞こえるのは、わたしの鼓動？　それとも――……

「瀬理奈は、有罪《ギルティ》な」

「え、ギルティ？」

本の内容？　それとも同じタイトルの曲の歌詞？

「結婚しようか」

「――っ!!」

さっき言っていた彼の本気って、このこと？

突然のことに意識が吹っ飛ぶ。実際言葉にされると、重みが違う。

結婚？　結婚!?　ええっ!?　誰が？　誰と？　わたしと、圭佑さん……？

「返事は？」

「へ、へんじ……は――」

ごくりと喉《のど》が鳴る。

そんなの決まってるじゃないの。


返事は、イエス。イエスよ!!

【7】


「宮原さん、これで良いですか？」

「ありがとう。うん、良いわ。よくまとめてあってわかりやすい。じゃこれ、コピーして山口さんに渡しておいてくれる？」

わたしは伊津さんが持ってきた資料を確認し、次の仕事を指示する。

「はい」

彼女は一瞬くすぐったそうな表情を見せたものの、素っ気なく返事をしてコピー機に向かった。

その背中を感慨深く見送っていると、同じアシスタントの後輩が声をかけてくる。

「宮原さん、最近、伊津さんどうしたんですか？　なんか素直」

いったい、どんな魔法使ったんですかと訊《き》かれ、わたしは思わず苦笑してしまう。

「何もしてないわ。もともとできる子だったのよ」

あれほど三課を振り回して業務を滞《とどこお》らせていたのは、不器用な伊津さんの精いっぱいのアピールだったのだ。方向性が斜め上すぎていたけど。

要は彼女、自意識が高く、誰かに頼ることは恥だと思っていたらしい。わからないことがあっても人に訊《き》くのを良しとせず、結果、とんでもないトラブルを引き起こしてしまっていた……

伝票を溜めたのは、不備のあった伝票の処理方法を訊《き》けずにいるうちに他の伝票もきてしまい、気づけばひと月分になっていたせいで、自動販売機のコーヒーを用意したのも山口の机の上を片づけたのも、部長の指示だというのに加え、一人でできる自分を証明したかったためだそうだ。

でもそれが、この頃少し変わってきた。

「あーでも、宮原さんも、風邪で休んで以来、なんか変わりました？」

「え？　そう？」

わたしも変わった？

わたしは、ドキリとする。

風邪で休んだ日――まさしくその日は、わたしのターニングポイント。圭佑さんからプロポーズされた日だ。

返事はもちろんイエス。それを思い出して緩みかけた表情筋を、わたしはぐぐっと引き締める。

「あ、そうそう。そう言えば、同じ日、室生さんが早退したんですよ。宮原さん、休まれてたから知らないでしょうけど……」

凄《すご》かったんですよ――と彼女は話を続ける。それを今は仕事中だからと遮《さえぎ》った。

それにその件なら知っている。なにせ風邪が治って出社すると、待ってましたとばかりに山口から話を聞かされたのだ。

今、室生ファンの間を席巻《せっけん》している話題はズバリそれ。

なんでもあの日、常磐葉の女性部長がアポイントもなく来社され、その商談の途中で突然圭佑さんが体調を崩し、くしゃみを始め鼻水涙目という花粉症に似た症状を発症させたらしい。さらに女性部長は帰り際にハグをしようとしたとかで、圭佑さんはトイレに駆け込んだ、と。その凄惨《せいさん》さに誰もが彼の早退を納得したそうだ。

うちにきたとき、そんなことがあったなどおくびにも出さなかったのは、もともと訪ねるつもりでいたのに早退したついでだと思われたくなかったと、あとで圭佑さんが話してくれた。

出社したら何があったかなんてわかってしまうのに、妙なところに拘《こだわ》る。

そんなこともあって、彼は化粧品によるアレルギー持ちとして広く知れ渡ってしまうことになった。その結果、思わぬ副産物、ヒョウタンから駒——無闇に女性に迫られることも、告白をかまされることも、以前に比べ少なくなったらしい。これはわたし的にも喜ばしい。

そして、そのアレルギーも、今は何が原因だったのかわかった。病院で検査を受けてくれたのだ。

診断の結果は香水アレルギー。合成香料のなんとかという成分に反応するという話だ。心理的なものが原因でなかったと安堵《あんど》したが、これはこれで面倒ではある。

わたしでアレルギーが起きなかったのは、つまり香水をつけていないかららしい。ただやはり、心理的なものの影響もあるようだ。

そんなことを思い出しながら、わたしはもう一度後輩に仕事へ戻るよう促《うなが》す。

「余計なコト言ってないで、手が空いてるなら課長に頼まれた仕事回そうか」

「うわ、残業になりたくないんで、課長の仕事は遠慮します」

わたしは先ほどの伊津さん同様、席に戻る彼女の背中を見ながら、ふっと肩の力を抜いた。それからフロア奥のコピー機の前にいる伊津さんに目をやる。

(……一時はどうなるかと思っていたけど)

伊津さんの言動についていけず胃を痛くしたこともあったが、あの日彼女が圭佑さんに、わたしのことで直談判したと聞いて、見方が変わった。

伊津さんは、わたしに何かあったら自分の仕事ができないから、元凶をなくそうとしたと言ったが、心配してくれたことに違いはない。

それがちょっと嬉しくて、嫌な顔をされてもめげずに声をかけていこうと決めた。適宜《てきぎ》指示をして、感謝を伝えて。だって人間関係で一番きついのはスルーだもの。

さらに偶然、伊津さんの趣味を知ってからは、ことさら親近感が湧いている。

実は、退社後、会社近くの本屋に寄ったとき、伊津さんがわたしが買おうとしているのと同じ本を手にして店内を歩いているのを見かけたのだ。彼女はおそらく、わたしの同好の士。

それはまさに、立ち込める靄《もや》の中、天空から差す光を見つけたようなそんな瞬間だった。

でも声をかけようとしたわたしに気づいた伊津さんは、そそくさと行ってしまって――

タイムカードを押したあとまで、つき合いたくないと思われているのはわかっているけど、残念だ。数あるロマンス小説の中でも同じ本を持っていたということは、趣味嗜好《しゅみしこう》が似ているに違いない。だから近いうち、カミングアウトしようかなーって。

「宮原、今コピーもらった。――次も頼むな」

声と同時にわたしの前が翳《かげ》る。顔を上げると、山口だった。

「ちゃんと本人に言ってよ。それ、まとめるの大変だったと思うのよね」

山口の手にしている書類を作成したのは伊津さんだ。わたしは、少し世話を焼く。課内のコミュニケーションが潤滑《じゅんかつ》になるのは良いことだ。

「おう――、伊津さん。ありがとな、またヨロシク」

山口はすぐに、伊津さんにお礼を言った。相変わらずチャラい男だ。

でも、黙って小さな会釈《えしゃく》を返した伊津さんが、満更でもなさそうな顔をしたのでＯＫとする。

そういえばこの山口も、先日わたしが会社を休んで以来、態度が少し変わった気がしていた。それまでほぼ丸投げにしていた客先のアフターフォローを自分でもするようになったのだ。

営業マンの自覚？　ポストエース？　やっぱり圭佑さんに次いで月間売り上げの二位を取ったことが、次期エースの自覚を促《うなが》したのだろうか。

そう、この月、課としては二課を抑えて、我が三課が目標額をクリアして売り上げトップになる見込みだった。


「よーし、今夜は飲みに行っちゃうぞ。行く人ーっ‼」

三課の予算達成、トップが確定したその日の夜、山口が終業時間を迎えるのと同時に、ニコニコしながら同行者を募《つの》り始めた。

「はーい、行っきまーすっ！」

「私もっ！」

すぐに後輩二人が手を上げる。こういうときのノリはさすがだ、この子たち。

わたしはというと、少し迷っていた。

婚約した身としては、約束をしているわけではないが、圭佑さんと片時も離れず一緒にいたい。

「宮原も行くよなっ‼　なんていったって、三課がトップになったのは――」

「はいはい、トップは、皆の頑張りあってです」

また妙なことを口走られては敵《かな》わないと、わたしはクールに返す。

「で、行くよな。たまには行こうぜ？　な、宮原」

山口は一瞬、らしくないなんとも言えない表情を見せたが、ニカッといつもの顔で誘う。

「ま、まあ――」

行くか。うちの課がトップになるのはめでたいことだし、同僚と飲むのもたまのことだ。

けれどそのとき、わたしは首の後ろ辺りにヒリヒリと視線を感じた。さり気なく隣の課に目を向けて確認してみるが、特に何もない。

うーん、気のせいだったみたい。

すっごく見られている気がしたんだけれど、わたしったら意識しすぎ。

わたしは三課に視線を戻し、伊津さんに声をかける。

「あ、じゃあ――、伊津さんも行くよね？」

「え……、は……？　あたし、ですか？」

伊津さんがきょとんとした顔をした。彼女の中には、会社の同僚と飲みに行くなんて考えがないのかもしれない。

「無理にとは言わないわ。でもたまには参加してみたら？　基本三課はお気楽者ばかりだから、堅っ苦しく考えないで」

「……わかりました。宮原さんがそう言うなら」

伊津さんは、逡巡《しゅんじゅん》するように考え込んでから頷いた。

「山口ー、伊津さんも参加ねー」

よしよし、コミュニケーション大事。

「おう。んじゃ、行きますかー」

その後男性陣からも二人声が上がり、飲み会のメンバーが決まる。

「じゃ、店はここな。着替えたらきて」

山口が会社近くの居酒屋の名を言った。

いつの間にか、店に予約を入れていたようだ。この辺りの仕切りは上手い。さすが三課のムードメーカー。

女子は着替えのためロッカーに向かう。わたしは、仕事をまだ少し残していたので、終わり次第行くからと、皆には先に行ってもらった。

皆に遅れること十分ほど。会社を出たわたしは、居酒屋へ足を向けようとしたところで、人影に気づいた。

「あれ？　どうしたの？　もう行ったかと思った」

「まあな。宮原にちょっと話があるんだ」

山口だった。彼の他に三課のメンバーはいない。「皆は？」と訊《き》くと、「もう行った」と予想通りの返事をする。

「わたしに話？　何？」

会社で言えないことかもしれない。いつもとはどこか違う雰囲気を感じ、わたしはどうしたのだろうと小首を傾げた。

「三課が営業売り上げトップ取ったら宮原に言おうと思ってたことがあるんだ。オレさ、オレ……」

口ごもる山口に、わたしはさらに首を傾げる。

「どうしたの？　あんたらしくないじゃない」

「オレさ、あ……っと、その……、宮原のこと……」

山口はなおも言いよどんだ。

「何してるんだ？　飲みに行ったんじゃなかったのか？」

「えっ？」

突然、後ろからかけられた声に、わたしは驚いて振り返る。

「け……っ、む、室生さん!?」

「室生氏──っ」

山口も驚いたらしく、息を呑む。

「皆と飲みに行くのは仕方ないと考えていたが、そういう話なら見すごせない」

すたすたと近づいてきた圭佑さんが、わたしの横に立った。

「見すごせないって、あんたには関係……」

辺りは暗いし、気のせいかもしれないが、山口の表情が強張ったように見える。

圭佑さんの顔も怖い。眉間にはくっきり皺《しわ》が刻まれている。まるで告白してくる女子をバッサリ薙《な》ぎ払うときみたいだ。

「関係あるさ。こいつは、俺のだからな」

「ぶほっ!?」

わたしは思わず噎《む》せた。嚥下《えんげ》した唾液が変なとこに入ったみたい。

「は？『俺の』って――」

「げふっ、げふっ」

「おい、大丈夫か？」

咳《せ》き込《こ》むわたしの背中を、圭佑さんが軽く叩くように撫《な》でる。

「嘘だろ？　あんた、冗談は……」

涙目になりながら山口を見ると、驚愕《きょうがく》に目を見開いていた。

わたしは、隣に立つ圭佑さんの顔を窺《うかが》う。

「なんなら、ここで跪《ひざまず》いて結婚を申し込むが」

圭佑さんの顔は真剣そのもの。

公開プロポーズ？　なんなの、この展開。

そもそも、もう結婚は申し込まれていて、その返事もしている。

跪《ひざまず》いて申し込むって、圭佑さん本気？　あれよね？　ヒーローがヒロインに指輪を差し出して結婚を申し込む――

やだ、想像したらちょっとときめいてしまうじゃない。

「宮原？　マジか？」

山口がちらりと圭佑さんを見てから、わたしに問う。

「マジって……」

彼はじっとわたしを見詰めたあと圭佑さんを見て、肩を落とした。

「ああ、わかった。もう何も言うな。……そっか、そういうことだったんだな」

「山口？」

「じゃ、オレ行くわ。皆には適当に言っておくから――じゃあな」

「えっと、山口？　ちょっと待って！」

ひらりと身をひるがえして山口が去っていく。わたしの声は聞こえないのか、振り向きもしない。

「瀬理奈。引き留めてどうするんだ」

「でも――」

いや、圭佑さんの言う通りだ。引き留めてどうする気なのだ、わたしは。

――これって告白未遂？　山口はわたしに告白しようとしたってことで良いのかな？

「油断も隙もないな。そんな気はしてたから、気をつけてはいたが」

「何言って――」

圭佑さんは不機嫌さを隠すこともなく、「ふん」と息をついた。

……様子が、あれ？　なんか不穏なんですけど。


わたしは今、圭佑さんのベッドの上で、背に敷いたシーツを握り締めていた。

「あ、あ、も、もう……っ、お願い」

あれからすぐ通りでタクシーに乗せられ、二人で圭佑さんのマンションに帰ってきた。

玄関のドアを閉めるや否や、貪《むさぼ》るように口づけられ、縺《もつ》れながら辿り着いたリビングでは着ているものを全部脱がされて、そのままソファで早急に求められた。

それをここでは嫌だと言って、なんとかベッドまで移動したのだけれど……

立て膝で左右に広げられた足の間には圭佑さんの頭。もうずっと指でなぶられ舌先でねぶられていた。

「何がお願い？」

「あぁ、んっ、あ、あ、んくっ、んんっ」

澄ました声で訊《き》き返され、答えたいのに、口を開こうとすると、彼が敏感な肉裂に舌を入れてきて、わたしの喉から出るのは意味をなさない嬌声《きょうせい》ばかりになる。

その上、わたしは身にまとうものなく肌をさらしているというのに、圭佑さんはネクタイこそ外したものの、まだワイシャツもスラックスも脱いでいない。それがたまらなく、恥ずかしさを増す。

「やあ、あ……んっ、け、圭佑……さ……ああ……やめ……っ」

喉からは、甲高《かんだか》い声がひっきりなしに上がり、わたしは息も絶え絶えにやめてほしいと懇願する。

もう無理。本当に無理。これ以上続けられたらおかしくなってしまう。

「まだ駄目だ。まったく瀬理奈は山口に甘い」

「甘いって……」

そんなことを言われても、告白されそうになったのは不可抗力だと思う。

「瀬理奈にはもっと自覚してほしい」

あれだけ女子社員から告白されまくってきた圭佑さんに言われても納得いかない。

「山口の、こと……なんて……っ」

だいたい、未遂じゃない。もしかしたら山口、ぜんぜん違うこと言う気だったかもしれないし。

普段泰然としていてクールな圭佑さんは、意外にも嫉妬心が強い。

お陰でわたしは想われているんだな、と嬉しい半面、度がすぎてないかと怖くなる。愛されるのは嬉しいけれど、このままお仕置きのように攻められるのは、そろそろ限界。体が持たない。

わたし、セックスはまだまだ初心者なのに。

「ああ……やあ、そんな、とこ、もう……やめ……っ、恥ずかし……」

圭佑さんが秘裂に指を入れ、中をかき回して溢《あふ》れてくる蜜を舌先ですくい取っていく。

耳にぴちゃぴちゃとミルクを舐《な》める猫のような舌使いの音が聞こえる。

だからやめて。舐《な》めないで――

「恥ずかしい？　もう瀬理奈の体で見てないところはないのに？」

「なっ、なんてこと言うのっ⁉　あううっ」

それはそうかもしれないけど。やはり恥ずかしいものは恥ずかしい。

自分では見ることのできない体の奥や秘めた部分を愛される、その羞恥《しゅうち》に悶《もだ》えてしまう分、覚える官能も大きい。わたしはまたしても甲高《かんだか》い声を上げた。

でもこれ以上は本当に無理。痺《しび》れのほうが強くて、悦《よろこ》びが遠去かっていく。

「ほら、可愛い芽を出した」

「はうっ‼」

舌と指でいじられて、肉裂の始まりで埋《う》もれていた淫芽をあばかれた。わたしは息を詰める。

「可愛いな」

「可愛いって……」

それ可愛いの？

「ツンと尖《とが》って、本当に芽吹きだな。で、これを挟んで押して」

「ひぅっ‼　やっ、やっ、んんっ、んん――」

きゅっと押しつけられる感覚の中、おそらくより露《あらわ》になったのだろう。

それに息を吹きかけられたわたしは、上がりそうになる嬌声《きょうせい》を必死に呑み込む。

「声を我慢するな。瀬理奈の声、結構くるんだ」

「くるってどこによ⁉　ひゃうっ、あううっ、やぁあああっ‼」

今度はジュルジュルと音を立てて吸われ、ついに声が抑えられなくなった。わたしは背中をしならせて悲鳴を上げる。

「いい声だ」

やめて。舐《な》めるまではなんとか耐えられる。でも吸うのはなし、なしでお願い――……

体がビリビリ痺《しび》れて、放電もできそう。つま先が反《そ》り返《かえ》る。

鋭く抉《えぐ》るような痺《しび》れと同時に、隘路《あいろ》に奥深く沈められた指が何かのスイッチを探すように蜜壁を押し擦《こす》った。

「やあっ、あっ、ああ、ん、あああんっ」

なおもちゅうっと吸い上げられて、含まれた肉の尖《とが》りを舌でねぶられ転がされる。

駄目だ、それは駄目。強い。強すぎるの。その官能、わたしの体はまだ耐えられない。

「うっ、うう、だ……、め……だめ……やめ……、おかし……く、なる……」

あまりの刺激の強さにわたしの視界は滲《にじ》み、歪んでいく。

「ああっ!!」

ついにわたしは、一際甲高《かんだか》い声を上げ、胸を弾ませて体を反《そ》らせた。

頭の中が真っ白だ。ガクガクと全身が震え、自分がイッたのだと理解した。

わたしは荒い息のまま、顔を覗き込んでいた圭佑さんを見る。

「大丈夫か？」

「あ……う……」

いかされたあとの特有の気怠《けだる》さの中、握り締めていたシーツを離し、圭佑さんに手を伸ばす。

「——すまない。ちょっとやりすぎたか」

わたしの手を取り、指先に口づけた圭佑さんが体を起こした。

下肢を解放され、くたりとしながらも足を閉じたわたしは、恨みがましい眼差《まなざ》しで、圭佑さんを見詰める。やりすぎだって思うなら、やめてくれれば良かったのだ。

「物足りなさそうだな」

「そんな、こと、ない……」

イッたばかりのわたしに、そういうこと言う？

けれど実はその通りだった。体は極めたけれど、心の充足はまだだ。わたしは、圭佑さんを迎えて、二人でイキたかった。

「脱ぐまで待ってろ。まだ終わりじゃない」

ようやく圭佑さんは着ているものに手をかけた。わたしを見下ろしながら、ワイシャツをはだけて脱ぎ捨てる。スラックスもさらりと脱ぎ、はちきれそうなほど前を膨《ふく》らませた下着も抜き取った。

そうして裸体をさらした彼は、再びわたしに覆いかぶさってくる。

肌と肌が触れ合う感触が、気持ち良い。

そしてわたしは、この身に彼を迎える瞬間を待つ——けれど、わたしの思惑《おもわく》はすぐに覆《くつがえ》された。

圭佑さんは背中とシーツの間に手を差し込んでわたしを抱き締めると、くるっと身を反転させる。

「えっ？　何？」

当然わたしは圭佑さんの上だ。足の間にいきり立つ彼の存在を感じた。

「自分で入れてごらん」

「え……？　自分で……？　きゃっ」

体を押し上げられて、わたしは圭佑さんに跨《また》ることとなった。

さっきまで散々なぶられていた肉裂から溢《あふ》れた蜜が彼の下腹部を濡らし、敏感な部分が擦《こす》れ合う。

それに思がけない悦《よろこ》びを教えられて、わたしは身震いした。

「充血して膨《ふく》らんで敏感になってるんだな。瀬理奈、腰を浮かして」

「腰を……？　ああっ」

言われるまま膝立ちで腰を浮かせると、圭佑さんが蜜口に昂《たかぶ》りの尖端《せんたん》を宛《あ》てがった。そのまま数回蜜をまとわせるように擦《こす》り、そのたびぬちゃりと濡れた音がする。

「ゆっくりでいい。このまま体を落とせ」

「やっ、無理っ、できな……、ああ……っ」

入れられるのと入れるのは違う。だから自分で腰を下ろすなんてできないと思ったのに、わたしの体は、滑らかに彼を呑み込んでいった。滴《したた》るほど蜜を零《こぼ》す肉裂は抵抗なく、むしろ彼を迎えたくて仕方ないとでもいうみたいに無意識に体が最適な角度に動いてしまう。

ズブズブと根もとまで圭佑さんをすべて収めて、わたしはほうっと息を吐いた。けれどすぐに腰を浮かす。

「や、深い、――奥、当たるっ」

いつもと繋がる体位が違うせいか、思いのほか深く咥《くわ》え込み、お腹の中がせり上げられ苦しい。

「痛いか？」

「ううん、でも変な感じ……」

痛くはない。けれどわたしの中の最奥——子宮の入り口に圭佑さんの猛《たけ》りの切っ先が当たっていた。

「——動けるか？」

「動く？」

この状態で何をしろと。腰を浮かせて沈めれば良いの？

「腰を回して、瀬理奈が感じるところに俺を当てればいい。こうして」

わたしの腰をつかんだ圭佑さんは、左右に前後に揺らす。

「あぅ、や、な、なんか、こりこり……するっ。圭佑、さんは、これで、良いの？」

ガツンガツンと勢いをつけて突き上げることもなく、猛《たけ》りの尖端《せんたん》が最奥を擦《こす》る。ときに激しく翻《ほん》弄《ろう》されて舌を噛みそうなくらい揺さぶられることもあるのに、こんなにも緩やかな刺激で圭佑さんは感じるのだろうか。

「良いよ。瀬理奈の顔がよく見える。こうして抱き合うのも悪くないだろ」

繋がりをほどくことなく圭佑さんが上体を起こし、わたしはすっぽりと抱き締められた。

「いいかも」

自然に顔が近づき、見詰め合いながら口づける。互いに上下の唇を食《は》み合って、舌と舌を搦《から》めた。

わたしはさっきまでのお返しとばかり、彼の舌を吸い、歯を立てる。

けれどすぐに続けられなくなった。圭佑さんが胸の膨《ふく》らみに手を這《は》わせ、やわやわと揉みしだき始めたのだ。頂《いただき》の尖《とが》りを指先でくにくにと転がされて、わたしは吐息とともに小さな喘鳴《ぜんめい》を漏らす。

「あ……ん……っ」

摘《つま》まれて紅色を濃くした尖《とが》りが、じんと切なく震える。

「瀬理奈、動いて」

耳もとで囁《ささや》かれ、わたしは圭佑さんの首もとに顔を埋《うず》め、腰を揺らしてみる。自分で動くなんて、恥ずかしかった。

「んん、ふっ、こ……れで、いい、の？　んふっ、んぁ、あ」

そうやっておずおずながら動くと、露《あらわ》になっていた淫芽が彼の下腹部で擦《こす》られ、甘やかな痺《しび》れを呼ぶ。先ほどとは打って変わって緩やかな官能だ。

「いいよ、いい。瀬理奈の中、擦《こす》れて気持ち良い」

「わた……しもっ、気持ち……いいっ」

拙《つたな》いわたしの動きで圭佑さんが感じてくれている。

与えられるばかりではない、わたしでもできるのだと嬉しくなって、さらに腰を使うと、グチュリグチュリと濡れた音が繋がりから響いた。

それに圭佑さんの助けが加わる。わたしの尻を抱えるようにつかんで上下に弾ませた。

「ん……、あ……、やぁ、そこ、当たって……」

「ああ。瀬理奈の奥が当たって、きゅっとなる」

持ち上げられては引き下ろされて、最奥を突かれたまま揺らされる。

わたしは甘く疼《うず》く悦《よろこ》びに声を上げながらも、腰が重たく痺《しび》れていくのを感じた。

なんだかいつもと違う。さっきの口で愛されていたときとも違う……

何かくる？

わたしは怖くなって圭佑さんにしがみついた。

「やぁ……ん……、わ、わた……し……っ」

「気持ちを楽にして、くぅっ」

「やっ、あ、あ、あ、あ、あ!!」

喉からひっきりなしに声が上がって、自分がどこにいるのかおぼつかなくなる。

「あ、けい……すけ……さ、ああ……っ!!　んっ、あぁっ!!」

やだ、何、これ——

ただ、気持ち良い。

頭の中が真っ白になって、何も考えられなかった。ふわりと舞い上がって、緩やかに落下するを繰り返す。

「瀬理奈？　おい……」

わたしは、圭佑さんに預けた体を、ひくひくと小刻みに震わせていた。寄せては返す波間を漂《ただよ》うような、揺蕩《たゆた》う浮遊感は続いている。

わたしはふわふわと夢心地のまま白い世界に呑み込まれ、ついに意識を手放した。

「うん……」

「瀬理奈？」


翌週の月曜日。わたしは、気まずさを覚えながら出社した。

まあ、あれだ。一度は参加を了解した同僚との飲み会を、あんな形でドタキャンしてしまったのだ。気まずくないはずがない。しかもそのまま圭佑さんのマンションで、しっかりベッタリいっちゃいちゃの休日を過ごしたわけで、これもまたなんというか後ろめたい。

それに――

わたしが圭佑さんとつき合っていることは、もうバレちゃっているだろう。何を考えてなのか、彼が山口の前でわたしに結婚を申し込むとまで宣言したので。

いつかは皆に知られることとはいえ、ちょっと気恥ずかしい。

なんにせよ、わたしがしなければならないのは、どんなに気まずかろうが皆が出てきたら、まずは謝ることだ。

そう考えながら、自分の席でパソコンを起動させて、今日の仕事の段取りを確認していたときだった。

「おはようございます、宮原さん。ちょっといいですか？　話があります」

突然、伊津さんに声をかけられた。

「伊津さん……？　いいけど」

早い。今日はどうした、いつもぎりぎりにくる伊津さんが。

話ってなんだろうと、彼女についていくと、エレベーターホール横の非常階段だった。

うっ、なんだかデジャブ――と思ったら、やっぱり。

そこにいたのは、例の正義女子。総務部の子たちだ。違うのは、受付の子がいないというくらい。

朝っぱらから、なんなんだ、これ。

「伊津さん？　どういうことかな？」

少しムッとしたわたしは、眉を顰《ひそ》めて問題児を見る。

「この子たちに、もうはっきりさせたほうが良いんじゃないかと思ったんです」

「はっきり？」

何をはっきりさせるのだ。わたしはますます眉根を寄せる。きっと今なら、圭佑さんに負けず劣らずの皺《しわ》が刻まれているだろう。

悪いが、この子たちに良い印象がなかった。持っていた本をぶちまけられ、ロマンス小説好きを嘲《あざけ》ってくれたことは、大人げないと言われようが、そう簡単に「そんなこともあったよね、うふふ」と水に流せるわけがない。

けれど、すぐに伊津さんが口を開いた。

「いい加減あたしも、部署の先輩にイジメられてかわいそうと言われるの、ウンザリしてるんです。宮原さんのことは好きではありませんけど、読んでる本で馬鹿にしていいってもんじゃないですから」

「読んでる本……ああ、そっか」

好きではないって、いつもながら言ってくれる伊津さんに苦笑しつつ、わたしはピンとくる。

ロマンス小説好きという同じ趣味嗜好《しゅみしこう》を持つ彼女は、正義女子がわたしにしたことが許せないらしい。

「ウンザリって伊津さんっ!? 私たちは元同僚としてあなたのことを思って!!」

正義女子が声を張り上げる。

大きな声を出さないでほしい。防火扉があるため一見、陰になって人目につき難《にく》い場所だけれど、人が通れば当然わかるし、声だって聞こえるのだ。

「それがウンザリなんです」

「ひどい!! この人がいるから仕事ができないんでしょ!? そう言ってたじゃない!?」

そういえば伊津さんは元総務部だ。この女子は、伊津さんに仲間意識を持っているのだろう。

部署は違っても、この失礼な女子に、わたしは教育的指導を発動したくなる。

ただし、慌てず騒がず、沈着対応。これくらい、この伊津さんでもう経験済みだ。

「――で、何をはっきりさせるの？」

わたしは沸騰しかける感情を理性で宥《なだ》め、笑みを浮かべた。

伊津さんを見ると、彼女は一瞬目もとを強張らせる。――どうしたのかな？

「あ、あたしは営業三課で女神を目指すことにしたんです。室生さんのことは告白して玉砕したので、とっくに吹っ切ってますから」

圭佑さんのことはもうなんとも想っていないと言う、伊津さんのどこか上擦《うわず》った声を聞きながら、そういえばそんなこともあったたな、と思い出しかけ、わたしはふと訊《き》き返《かえ》す。

「女神を目指すって何？」

「い、言われたんです、飲み会のとき山口さんに。宮原さんが結婚するから、あたしに跡を継いで三課の女神になってほしいって」

は……？　結婚――

山口、なんてことを!!　そりゃ、あのとき圭佑さんは結婚を申し込むと言ったけど。いや、結婚するんだけど。

それに女神？　恥ずかしくないんだろうかと、伊津さんを見ると、心なしか頬が染まっている。なんだか満更でもない？　本人が良いならいいけど。

「山口さん、そんなこと言ったの？　結婚って」

「……相手の人は誰とは口にされませんでしたけど、そんなの三課では皆知ってることですし」

「は……!?　伊津さん、それ、それ、どういうこと!?」

な、なんですって――!?

相手の名前は出なかったと聞いてほっとしかけるものの、続いた言葉に貼りつけたはずの笑みが顔から剥《は》がれそうになった。

三課の皆は知っている？　圭佑さんのことは、とっくにバレてたってこと!?

落ち着け、瀬理奈!!

わたしは引き攣《ひ》りかける口もとにぐっと力を入れて、気合で笑みをキープする。

「……山口さんは気づいてなかったみたいですが」

「……そう」

気づいていたら告白はしないか。しないよね、未遂だけど。うん。

「へ、へー、結婚されるんですか。良かったですね、嫁のもらい手があって。これでもう室生さんはあなたに迫られることもないんですね。だいたい室生さん、どこかの御曹司だっていうじゃないですか。あなたみたいな人がまとわりついてたら、迷惑なんですよ」

言ってくれるな、この子も。——まったく。

ふと伊津さんを見れば、彼女は生温《なまぬる》い表情を浮かべていた。

そっか伊津さん、わたしの結婚相手が誰か本当に知っているんだね。

「おっはよー、宮原ー。こんなとこで何やってんだ？　伊津さんもいたのか。おっはよー！」

後ろからポンと肩を叩かれたわたしは、ちょっと驚いて振り返る。

今、エレベーターを降りた一団の中にいた山口だった。

彼は朝からテンション高い。こんな微妙な空気の中に入ってくるのは、さすがだ。

「新旧女神そろい踏み。いいね、いいね——お？　宮原、肩に何か……」

「山口、触るな」

わたしに伸びてきた山口の手は、上から聞こえた声で引っ込められた。

階段を下りてきた圭佑さんだ。

「――たく、油断も隙もないな」

なんだか前もこんな感じの登場があったような。あのときは下からきたんだったっけ。

……まさか今回も話を聞いていた？

「油断ってなっ！　オレはただ、宮原の肩に糸屑みたいなのがついてるなって」

オレをなんだと思ってるんだと山口が圭佑さんに食ってかかるが、彼は意に介さずわたしの横に立つ。

「なら口で言うだけで良い。――これか」

圭佑さんがわたしの肩の何かを払う。手が触れたその一瞬、温《ぬく》もりを感じた気がした。それがちょっと嬉しい。

「糸屑、ついていた？」

「いや、髪だ」

「やだ、抜け毛？　ブラッシングしたのに――あ」

いけない、圭佑さんと目が合い、つい二人で部屋にいるときみたいに親しげに話をしてしまった。

ここ会社なのに。

圭佑さんもそれに気づいてか、ばつが悪そうに横を向く。

「室生氏、あんたこそ隙だらけじゃないか」

「……別に、今のは」

山口に言われて、圭佑さんがますますきまり悪げな顔になる。

「はぁ、もういいよ。飲み会のときうちの女子たちから話聞かされて驚いたけどさ。式には呼んでくれ」

「なんで、お前を俺が」

圭佑さんは、肩に置かれた山口の手をパシリと払う。

この二人、何？　なんだか仲良さげなんですが？

いや圭佑さんは、山口のノリに巻き込まれているだけだ。

「式？　式ってなんなんですか⁉　宮原さん、室生さんに近づかないでください‼　室生さん、化粧品アレルギーなんだから」

正義女子が声を上げる。そういえばまだこの子たちと話の途中だったのを忘れていた。あの女性部長の一見以来、圭佑さんがアレルギー持ちであることは広まっている。

「またこの女子か。どうしてそんなに絡まれているんだ？　部署違うだろ」

「……さあ？」

圭佑さんに訊《き》かれて、わたしは言葉を濁す。最初は伊津さんの件だったが、今日のこれはなんのことだかわからない。はっきりさせたほうが良いからと伊津さんは言ったけれど。

わたしはことの発端《ほったん》となった伊津さんに視線を向ける。それから総務部の女子三人。

「すみません、いろいろ面倒くさかったので宮原さんを呼んだんですが、考えが足りませんでした。まさかお二人がくるとは思ってなかったので」

そう言って伊津さんが見たのは圭佑さんだ。なのになぜか、山口が口を挟む。

「何か揉めてた？　そうそう、式といえばあれだよ、あれ。けっ――」

「山口、口チャック!!」

「はい」

しまった。敬称をつけるのを忘れていた。

けれど、それには突っ込まれず、わたしの声に驚いて山口が口を閉じた。

このお調子者め。空気読め。冗談でもそんな話、こんなところでするんじゃない。すぐそこには人が通っているのに。

「くっ」

あれ？　圭佑さん、もしかして笑ってる？　そんなおかしなこと、あったっけ？

わたしの横で圭佑さんは握った手を口もとに当てていた。肩が小刻みに揺れている。

「……わかった。はっきりさせれば良いんだな」

はっきりって、圭佑さんはどういうことかわかるの？　そして、何をするの？

次の瞬間、わたしは息を呑んだ。言葉が出ない。

「ひっ!?」

だって、ここ、給湯室じゃないのよ!!　すぐ横はエレベーターホールで、今は出勤時間で――

わたしは圭佑さんに後ろから抱き締められたのだ。

「何やってるんですか!!　すぐに離れてください!!」

正義女子がまた声を張り上げるが、圭佑さんは腕を解かない。そのうち人が集まってくる。

「室生氏、それはいくらなんでも大胆すぎなんじゃないか？」

言葉と裏腹に山口の顔は面白がっていた。

「これくらい。俺の女神をけなされるのは、いい加減にしてもらいたいからな――これが証拠だ。どれだけ化粧していても、こいつにはアレルギーが出ない」

圭佑さんは圭佑さんで、見せつけるように言い放つ。

「い、いや――!!　嘘でしょ!?　こ、こんな、こんな人――!!」

正義女子が真っ赤になって叫んでいた。他の二名も同様、叫んではいないが真っ赤だ。

圭佑さんの、その言い方はちょっとずるいと思う。彼のアレルギーの原因である香水をわたしがつけていないだけ。だからそれさえつけていなければ、本当は誰でも平気なのだ。

でも、それはわたし的に喜ばしい話ではないから、黙っている。

「良いの？　オープンにして」

「まあな。二課がトップを取り返してから会社に報告するつもりだったが、嫁のいる課がトップ取ったときに、言うのも良いなと考え直した」

「わかったから、女神はやめて……」

そしてその場は解散となった。なぜか圭佑さんと伊津さんの二人だけが満足そうな顔をしている。

朝礼後。わたしたちはそれぞれの上司に結婚する旨を報告した。

すぐに話は、始業前の一件も併せて営業部皆の知るところとなり、当然のようにその三十秒後には、室生ファンの連絡網によって社内中に拡散された。

我が社きっての結婚したい男——室生圭佑が結婚するとなったら、そうなるのも仕方がない。その相手が、才媛でもお嬢様でもない口喧《くちやかま》しい営業部のお局のわたしでは納得できないだろうけど。

あの正義女子たちについては、彼女たちが所属する総務部に任せることにした。わたしにだって人脈はあるのだといいたいところだが、総務部の中の別の室生ファンから指導が入ったのだ。そんなにいくつもグループがあったなんて知らなかった。

山口とは、これまで通り軽口を言い合い、ときには上からものを言える気安い同期の関係でいる。

彼と部署で話していると、たまに首の後ろがヒリヒリするけれど、まあ気にしない。

そして後輩同僚に、三課の皆がわたしと圭佑さんのことをどうして知っていたのか訊《たず》ねると、

「わたしたちは宮原さんの味方ですからね」とにこやかに話してくれた。

どうもあのボタン事件でピンときたらしい。わたしのいつにない行動や、圭佑さんのわたしへの態度で。

彼女たちは何も言わず見守ってくれていたのだ。噂など気にせず、わかってくれる人はわかってくれるのだと、ちょっとジンとした。

そしてあの飲み会。わたしを迎えに行くと言った山口が一人で店に戻ったものだから、会は山口を慰《なぐさ》める会に主旨を変え、飲んで食べてまた飲んで盛り上がったとか。

伊津さんに至っては、「他の女子は許せませんが、宮原さんなら仕方ないです」と言った。

何が仕方ないのかさっぱりだが、一応祝福として受け止めている。でもそのあとに、言われた言

葉は気になった。

「山口さんもさっさと押し倒しておけば良かったんですよ。宮原さんって仕事以外は鈍感だから」

え？　じゃあ伊津さんは山口のことも気づいてたの？　いつ？　どこで？

詳しく訊《き》きたかったけど、「見てたらわかる」と話を切られて横を向かれた。

「んー、このパイ美味《おい》しいっ。万由里、今日はありがとう」

この日わたしは万由里に誘われて、会社最寄駅から二つ先にある、とあるパティスリーにきていた。

お店おススメ、季節のフルーツのパイは、サクサクとろりとした緩めのカスタードが絶品で、使っているフルーツも美味《おい》しい最高の一品だ。うっとりと二人でしばし至高の幸せを味わう。

「私も最近友人から教えてもらったばかりなんです。スイーツ好きなら断然行くべきだって」

「そのお友達に伝えて。美味《おい》しいお店を、ありがとうって」

「ええ。でもそれより、今日は室生さんとのこと、お話ししてくれるのでしょう？　先日、プロポーズをお受けになられたことは聞きましたけど、瀬理奈さん、何も言ってくれなかったので、それまで私、本当に気が気じゃなかったんですよ」

万由里には、圭佑さんにプロポーズされ、それを受けたことをすぐに話していた。

彼女は驚いてはいたものの、心の底からほっとした顔を見せ、良かったと言ってくれた。何やら気を揉んでいたらしい。

「黙ってて、ごめん。自分でも、つき合うことになったのが、しばらく信じられなかったのよ。結婚を申し込まれてようやく実感したというか。それに、万由里とお見合いするっていう噂もあったから言えなくて」

「それなんですが……私がお見合いするという話、そんな噂が流れてるなんてちっとも知りませんでした。しかもそのお相手が室生さんだったなんて。瀬理奈さんを悩ませてしまったんですね。一言訊《き》いてくれれば良かったんですよ？」

すぐに否定したのに、と言う万由里にわたしは項垂《うなだ》れる。

「その通りね」

結局あれだけ噂になっていた「常務令嬢にどこかの御曹司との見合いの話がきている」の件については、嘘だった。

「瀬理奈さん」

「何？」

顔を上げると、万由里はわたしの左手のピンキーリングを、うっとりと見詰めている。

「その指輪。エタニティリングなんですよね。このお店を教えてくれた友人なんですが、彼女もそういう指輪をしているんですよ。凄《すご》く幸せそうで、羨《うらや》ましくなっちゃいます」

ダイヤモンドが全周に嵌《は》め込まれたこのリングは、万由里の言う通りエタニティリング。言わずもがな、圭佑さんから贈られたものだ。

「……こ、これね」

これは、婚約指輪のリサーチに出かけたとき、二人が会った記念だと、圭佑さんが買ってくれたのだ。言ってみれば衝動買い。

ただでさえ婚約指輪を見に行ってドッキドキだったのに、思いもしなかったプレゼントをされ、「天にも昇る気持ち」というのか、感無量だった。

圭佑さんはもっと大きな石の指輪を贈りたかったみたいだけれど、わたしが仕事中も邪魔にならずにいつもつけていられるものが良いと主張して、ピンキーリングにしたのだ。

「ですから室生さんのこと話してくださいな。ね、早く」

ですからって、話の前後が繋がってないんだけど……

でも話したほうが良いんだろうな、万由里には。わたしのことを気にかけてくれる大事な友達だ。

「わかったわよ。どこから話せばいいかな」

「そうですね。どんなプロポーズをされたんですか？　瀬理奈さんが休まれた日、だったんですよね。瀬理奈さんは翌日も休まれて……」

室生さんは午後から出社されたみたいで——と続けられ、わたしは少し冷や汗をかく。

あの翌日。圭佑さんにわたしの風邪がうつることはなかったものの、二人して寝過ごしてしまったのだ。

わたしは念のため大事を取るよう言われてそのまま欠勤し、圭佑さんは一度マンションに戻りそれから出社した。

そしてその日も、退社後圭佑さんはきてくれて、わたしは前日同様、ベッタベタに甘やかされたのだ。食事の世話から、果ては恥ずかしながらのお風呂まで。

狭い１ＬＤＫ、首を回せば互いの位置は視認できるというのに、ひとときも離れていたくないとかなんとか、さすがにトイレまではついてこなかったけれど。

弱ったたな。こんなこと、話せるわけない。

「教えてはいただけません？　できれば今後の参考にさせていただけたらな、と思うのですよ」

わたしが言い難《にく》そうにしていると、万由里が口を開いた。

「参考って、万由里……」

あんた、いつからそんな興味本位でものを言う子になったのよ。

でもなんだか一所懸命で、ついついほだされてしまう。

「もう、あの日ね。風邪で寝てたら、彼、プリン持ってきてくれたのよ――」

「プリン、ですか？　室生さんが？」

万由里が意外そうな顔をする。

確かに、スーツを着た男性がスイーツを買い求める姿ってあまり見ない気がする。

「そう、プリン。アイスクリームもあったわ。嬉しかったのは卵粥《たまごがゆ》。レトルトだけど」

その卵粥《たまごがゆ》を食べさせてくれたことは、まあ黙っていよう。

「食事の差し入れですね。弱っているとき、そういうのが嬉しいんですね。それも滋養が高そうで熱があっても食べやすそうなものばかり」

万由里が「ああ」と手を叩いた。

「そうなの。風邪薬まであったわ。買い物に行ってなかったから助かった」

「さすが室生さんですね。営業のエースは気配りもエース。それで？　プロポーズの言葉は？　どんなふうにされたんです？」

前のめりでくるなあ。プロポーズの言葉って、あれなんだけど。

「ど、どんなふうって言われても……、ふ、普通よ。いろいろ話して、彼の好きな曲とか、わたしが読んでいた本とか……それで……結婚しよう、って言われて……有罪って……」

「有罪？」

万由里が怪訝《けげん》そうに目を細める。

それもそうよね。いきなり有罪なんて話しても、意味がわからない。

「〈My love is guilty〉っていう曲があるの。それがたまたまわたしの読んでいた小説の原題と同じでね。圭佑さんがそれに気づいて、面白がってわたしを有罪だって……」

こんな説明で伝わるかな？　わたしは万由里を窺《うかが》う。

「なんだかよくわかりませんが、恋をするのは罪ということですか？　本気の恋は、たとえ有罪と言われようとも一途に想ってしまうってことですね。いいですね、私も結婚したくなりました」

「万由里。案外すぐかもよ？」

「そうでしょうか」

これといって確証はないが、万由里なら、きっと。

「……ところで瀬理奈さん、お願いがあるのですが」

「お願い？　改まって何？」

いったいどうしたのだろう？　まさかわたしに相手を紹介してなんて話じゃないと思うけれど。

「実はですね、私、もう一つケーキをいただきたいのです」

「万由里――、その言葉を待っていたわ。あれね？　あれ、いくのね？」

「やっぱりどうしても、あれは食べておかないと」

最初どちらにするか迷ったものだ。

「わかった――あの、お願いします」

綺麗にフルーツパイを平らげたわたしたちは、互いに顔を見合わせ意志確認をすると、二個目のスイーツ――生クリームたっぷりの苺のタルトをオーダーするのだった。

【エピローグ】

空は抜けるように青く澄み、そよぐ風が庭園の花々を揺らして、甘い香りを運んでくる。

街の喧騒《けんそう》を離れ、四方を木立《こだち》に囲まれた白亜《はくあ》の邸館《ていかん》。ここはハウス・ウェディング専門の結婚式場だ。

アイアンゲートからアプローチまで緋色《ひいろ》の絨毯《じゅうたん》が敷かれ、ゲストを迎えるエントランスにはラグジュアリー感溢《あふ》れる調度品や絵画が飾られていた。バンケットもしかり、装飾を施《ほどこ》した天井にクリスタルのシャンデリアが煌《きら》めく、格式高い正統派なボールルーム。柔らかな光が差し込む回廊《かいろう》から白薔薇《しろばら》のアトリウムを進むと、白いチャペルが現れる。中には大理石を敷き詰めたヴァージンロード――

わたしは今日、人生の良き日、晴れの日を迎えたのだ。

「大変お美しく、お支度ができましたよ」

スタッフに言われて立ち上がり、鏡に全身を映す。

そこにいたのは、まぎれもなくウェディングドレス姿のわたしだった。

胸の下で切り替えたエンパイアラインのドレスは、少し大人っぽくエレガント。幾重にも重ねた純白のシフォンジョーゼットが柔らかなシルエットを作っている。

背の高い花婿に合わせてハイヒールを履きたいところだが、用意したのはローヒールパンプス。

あの日、プロポーズされた日。わたしの中で命が芽生えたのだった。

体の変調を覚えて圭佑さんに告げ、その三日後には式場を決めた。

それから三カ月。式次第も式場との打ち合わせも、つわりやなんやかやで大変な時期と重なって、わたしはほとんど役に立たず。招待客のリストアップも披露宴で出す料理も、わたしはこういう感じがいいなと伝えただけで、圭佑さんがすべてやってくれた。

でも彼がどんなに素晴らしい営業マンでも、ウェディングは別物で、何度か歯がゆい思いもする。

そこに現れた救世主。それが伊津さん。

妊娠がわかってから弁当を持参するようになったわたしが、昼の休憩時間に部署の自分の机で食べていたときだ。イメージする結婚式が上手く圭佑さんに伝えられなくて困っていて、つい漏らした独り言――ウェディング・プランナーがヒロインの小説名を聞き留めた伊津さんが、声をかけてきた。

伊津さんは、もともとインテリアデザインに興味を持っていたとかで、『その小説に出てくる結婚式ならこういう演出ですかね』と、ゲストを迎えるウェディングベアやウェルカムボード、テーブルごとの生花も、写真を添えて資料を作ってくれたのだ。その上、圭佑さんにプレゼンまでしてくれた。

お陰で一生に一度のこの晴れの舞台、憧れていた披露宴をセッティングでき、無事にこの日を迎えることができている。

そんなことを思い出していると、まだ式は始まっていないのに、なんだかもう胸がいっぱい。

「まだ泣いてはいけませんよ。せっかくのお化粧が台無しになってしまいます。ではお嫁様のお部屋のほうに参りましょうか」

わたしは頷くと、スタッフにつき添われて控え室を出た。

ここから先は、また別のスタッフがつき添い、移動になる。花嫁控え室では、両親が控えていて、セレモニーまでの時間をしばし過ごすのだ。

なかなか嫁に行かない娘にやきもきしていた両親は、この日を迎えて晴ればれとした顔をしている。

わたしは、圭佑さんが挨拶《あいさつ》にきた日を思い出した。

両親は、圭佑さんが挨拶《あいさつ》したあと、結婚の話を切り出す前に「娘を頼む」と頭を下げ、却って彼のほうが面食らっていた。

そのとき、父のほとんど白くなった頭を見たわたしは、しみじみと三十年育ててもらったんだなと感じ入ったものだ。

それから圭佑さんの両親にも会った。都市の玄関としてそびえるターミナル駅前の高級ホテルで、彼は『彼女と結婚するから』とわたしを紹介したのだ。

過去のことがあるせいか、お母様は何も言わず、お父様には『息子が決めた人なら』と気に入ってもらえたようで、揉めることなく認められたのはありがたかった。

実のところ、心配していたのだ。縁を切ったといっても、圭佑さんは〈室藤レジデンス〉の御曹司。ごく普通の家庭に育ったわたしが、嫁として迎えてもらえるのかどうか……

圭佑さんは、反対されても縁を切っているので関係ないと言ってくれていたけれど、やっぱりこういうことは周囲に祝福されたいから、本当に良かった。

「本日はお日柄も良く、この日をお迎えいたしましたこと、大変お喜び申し上げます――ではお時間になりましたので、セレモニーホールへご案内いたします」

いよいよだ――

今日の式を取り仕切ってくれる邸館《ていかん》のスタッフと挨拶《あいさつ》を交わし、わたしは父の腕に手を添えて、部屋を出る。

木漏《こも》れ日が差し込む回廊《かいろう》から、白薔薇《しろばら》の咲くアトリウムを抜けて、白いチャペルに着いた。厳《おごそ》かに奏でられるパイプオルガンの曲の中、わたしはゆっくりと歩みを進めていく。そして、ヴァージンロードの先には、花婿が待つ。

わたしを満面の笑みで迎える圭佑さんだ。

「瀬理奈――」

彼の口が綻《ほころ》んだ。

「うん」

やだ、涙で前が見えないよ。

今日はわたしが世界で一番幸せなお姫様になる日。愛してる――……

～大人のための恋愛小説レーベル～

ETERNITY

エタニティブックス

装丁イラスト／小路龍流

エタニティブックス・赤

君に永遠の愛を

井上美珠《いのうえみじゅ》

最愛の人・冬季《ふゆき》と、幸せな結婚をした侑依《ゆい》。しかし、ずっと傍にいると約束した彼の手を自分から離してしまった……。彼を忘れるために新たな生活を始めた侑依だけど、冬季はこれまでと変わらぬ愛情を向けてくる。その強すぎる愛執に侑依は戸惑うばかりで……。離婚した元夫婦の甘すぎるすれ違いロマンス。

装丁イラスト／七里慧

エタニティブックス・赤

叶わぬ恋と知りながら

久石《くいし》ケイ

幼い頃に母を亡くし、伯父家族のもとで育った奈々生《ななお》。彼女は、その家によく遊びにきていた従兄の親友・奏《かなで》に淡い恋心を抱いていた。ところが、彼は奈々生が十歳の時に引っ越し、音信不通に……。そのまま奈々生は二十四歳を迎えた。しかしある日、彼は、奈々生の因縁の相手である義姉の婚約者として現れて――？

※エタニティブックスは大人の女性のための恋愛小説レーベルです。ロゴマークの色で性描写の有無を判断することができます（赤・一定以上の性描写あり、ロゼ・性描写あり、白・性描写なし）。

詳しくは公式サイトにてご確認ください。
http://www.eternity-books.com/

携帯サイトはこちらから！

恋愛小説「エタニティブックス」の人気作を漫画化!

ニューヨークで暮らす貧乏女優の美紅《みく》は、生活費のため、ある大企業の秘書面接を受ける。無事に採用となるのだが、実はこの面接、会社のCEOである日系ドイツ人、ディーターの偽装婚約者を探すためのものだった！　胡散臭い話だと訝《いぶか》しむ美紅だったが、報酬が破格な上、身体の関係もなしと聞き、フリだけなら…とこの話を引き受けることに。それなのに、彼は眩いほどの色気で美紅を魅了してきて——!?

B6判　定価：640円＋税　ISBN 978-4-434-24658-6

お見合いで超好みの男性・辰季《たつき》と出会い、清い関係のまま彼と結婚した万羽《かずは》。だけど、結婚後も彼は「俺は草食系だから」となかなか手を出してくれない。ところがある日、とあることをきっかけに彼の態度が豹変し、突然押し倒されちゃった!? それからというもの、辰季は前言撤回とばかりに万羽を求めるようになり——!?

B6判　定価：640円＋税　ISBN 978-4-434-24662-3

波奈海月（はなみづき）
愛知県在住。少女マンガとロボットアニメ好きで萌えはツンデレ。執筆時のマグカップ三杯は欠かせないコーヒー党。

イラスト：ムラシゲ

ラブギルティ　～あなたに恋《こい》していいですか？～

波奈海月（はなみづき）

2018年6月30日初版発行

編集－黒倉あゆ子・羽藤瞳
編集長－塙綾子
発行者－梶本雄介
発行所－株式会社アルファポリス
〒150-6005 東京都渋谷区恵比寿4-20-3 恵比寿ｶﾞｰﾃﾞﾝﾌﾟﾚｲｽﾀﾜｰ5F
TEL 03-6277-1601（営業） 03-6277-1602（編集）
URL http://www.alphapolis.co.jp/
発売元－株式会社星雲社
〒112-0005東京都文京区水道1-3-30
TEL 03-3868-3275
装丁イラスト－ムラシゲ
装丁デザイン－ansyyqdesign
印刷－図書印刷株式会社

価格はカバーに表示されてあります。
落丁乱丁の場合はアルファポリスまでご連絡ください。
送料は小社負担でお取り替えします。

ISBN978-4-434-24759-0 C0093